怪談狩り
黄泉からのメッセージ

中山市朗

角川ホラー文庫
21028

目次

生首の予言……6
緑色の男……9
博多の美女……13
火の柱……19
新聞紙……22
涅槃《ねはん》姿……24
Fさんの告別式……28
着信記録……33
母の遺言……38
出産ビデオ……48
あと二回……50
まずい……53
医者を辞めた理由……56
ひき逃げの犯人……58

最後の姿……63
布団で寝るな……67
お客様相談室……74
助手席の女……77
今だ！……84
斎場跡……86
私、どんな感じ？……91
花束……95
高野山の犬……98
深夜の高野山……103
あまねく……107
お母さんに会いたい……109
パチンコ屋の駐車場……113
身の上話……116
コンピュータ怪談……118
左側……121
友人……123
おフネさん……127
おい！……130
ネット検索……132
進級できた……135
おい、飲もうや……140

二つの墓石……143
ビデオ・メッセージ……146
銃剣……148
旧家の夜……151
死化粧……155
肩……158
兵隊さんが通る……162
墓参り……166
ご先祖様……170
母のお迎え……174
館内アナウンス……178
死ぬ時期……181
サブリミナル……182
急な引っ越し……185
天文観測……189
赤い手袋……192
老夫婦……199
魚の写真……201
隣の襖……206
サユリ……211
無縁仏……229
七代祟る……237

6

生首の予言

Hさんという女性がいる。

Hさんの旧姓は、ある土地と因縁が深く、また珍しいものだそうだ。

その、本家筋にあたる者は、奇妙なものを見るという。

それは、髪がザンバラの落ち武者のような生首で、親族の不幸があると、夢枕にフワフワと浮いて出てくるのだそうだ。

生首がニコニコ笑っているときは、その人が、天寿を全うしたとき。

憤怒の表情をしているときは、志半ばで亡くなったり、事故で亡くなったときだという。

幼いころから、彼女は何度もそれを見ては、親族の不幸を知ったらしい。

彼女が結婚する前、姉と一緒に大阪に住んでいたころのこと。

ある早朝、パッと目が覚めた。

いつもはそんなことはない。

（あれ、なんでこんな時間に目が覚めちゃったんだろ……）

ぼーっとして、そんなことを考えていると、突然、奇妙な気配を全身に感じた。

（あっ、あれがいる……）

生首が、目の前に現れ、フワフワと浮いている。

驚いて上半身を起こした。

（え、今、起きているのに、あれが見えてる！）

よく覚えているという。なんだか、昔の映写機で古いフィルムを上映しているようなもので、カタカタと動いていて、ザンバラ髪をゆるく、後ろで結んでいる。と、その首が上下に大きく、浮き沈みを繰り返すと、

「摂津《せっつ》の国、死に候」と、声を発したのだ。

（え、なに、摂津の国？　それどこ？）

（いや、それより、あの首、声を出した！）

怖い。が、目はその生首から逸《そ》らすことができない。

すると、生首は、すうーっと彼女に近寄ってくる。そして耳元に来た。

「摂津の国、数多《あまた》の人、死に候」

そう言うと、ストンと下に落ちて、布団のあたりで消えた。

（摂津の国って、どこ？　大阪？　神戸《こうべ》？　死ぬ？）

なんだか頭がこんがらがっていると、ガタッと家が大きく揺れた。

地震だ。それも大きい。

タンスが倒れる！

そう思って彼女は布団から飛び起き、タンスを両手で支えた。そこに、

「今のなに？　声が聞こえた！」

と言って、姉が部屋に入ってきて、一緒にタンスを支えてくれた。

しばらくして、揺れは収まった。

阪神《はんしん》・淡路《あわじ》大震災。

親族同士、連絡を取り合ったが、全員の無事を確認した。

親族全員が、なぜか目が覚めて、生首を見たという。そして、「摂津の国、数多の人、死に候」という声を聞いたという。

結婚して、今の姓になってからは、もう生首が夢枕に出ることもなくなったらしい。

ちなみに、彼女が高校生のころのこと。

担任の先生が「親戚《しんせき》縁者が死ぬとき、生首が夢枕の中に出てきて知らせてくれるんや」と話したことがあった。

「先生の故郷はどこですか？」と聞いたところ、父親の出身地と同じだったのだ。

緑色の男

M子さんというミュージシャンがいる。

彼女には特殊な能力があるらしい。いわゆる霊能力で、不思議なものが見えるそうだ。

「でもこんな能力があるからといって、いいことなどない。知りたくもないことを知ってしまうだけ。こんな能力などなかったほうがよかったのに」とM子さんは言う。

ただ、一度だけ、こんなことがあったそうだ。

M子さんには長男がいるが、成人し、やはり音楽業界に入ったという。その長男が生まれた時のこと。

産婦人科の病室で、お隣さんのベッドになったK子さんという女性。K子さんとM子さんは、なんと、同じ日、同じ時刻に、男の子を出産した。

「そんなこと、あるんだねえ」

「これも何かのご縁かしら」

お互いに驚いて、退院してからもしばらくは、連絡を取りあった。

しかし、その連絡も四、五年で途絶えた。

二十年ほどしたある朝、M子さんのもとに、突然K子さんから電話があった。

「お久しぶりですね。覚えてます？」

忘れるわけがない。しばらくは懐かしい話に花を咲かせたが、「ところで、久しぶりにお会いできないかしら」とK子さんが言ってきた。

「いいわよ。いつ？」

「今からじゃ、ダメ？」

「どうぞどうぞ。じゃ、うちに来ない？　お昼、御馳走《ごちそう》するわよ」

家に招くと、約束の時間にK子さんがやってきた。

昼食をともにし、しばらく世間話をしたが、K子さんの表情がなんだか暗い。そのことを正直に話すと、「実はね……」と、K子さんはこんなことを話しだした。

最近、ご主人を亡くしたのだという。

ずっと一緒に過ごした伴侶《はんりょ》を失い、息子も結婚して家を出た。ひとりぼっちとなってしまい、一体、どうやって毎日を過ごしたらいいのかわからない。悲嘆にくれた。

そんな時、M子さんのことを思い出し、思い切って電話をしてみたというのだ。

「そうだったの。ご主人、どんな方だったの？」

話題が、亡くなったK子さんのご主人の話となった。

話を聞きながら、ちょっと気になることが起こった。

K子さんの背後に、庭が見える。その庭に、もやもやっとした人のようなものが現れたのだ。なんだろう、と、目を凝らす。

もやもやっとしたものが、はっきりとした人の姿になった。

緑色の帽子、緑色のスーツにズボン。シャツは白で緑のネクタイ姿の中年の男だ。

(緑色のスーツとは、なんだか変わってるわね)

相槌《あいづち》を打ちながら、そんなことを思っていると、その緑色の男が、帽子を取るとペコリとお辞儀をしたのだ。

「ねえ、K子さん。ちょっと気になることがあるんだけど」と、今、庭にいる男のことを話してみた。すると、はっとしたように背後を振り返ったが、K子さんには何も見えていないようだ。しかし、その場でK子さんは、わっと泣きだした。

それは、K子さんのご主人が勤めていた、タクシー会社の制服だったのである。

その時、頭の中に声が入ってきた。

「妻のお友達でいてくれて、ありがとうございます。これからも妻をよろしくお願いします」

声が終わると、庭の男はすうっと姿を消した。

「こんな能力があって、ほんとによかった、と思ったのはこれが最初で、最後でした」とM子さんは言った。

博多の美女

若手の文楽師Tさんが、こんな話を聞かせてくれた。

博多《はかた》での公演が、毎年ある。

二年前、Tさんは初めてその巡業に参加したという。

初日の舞台を終えて、先輩たちと博多の街へ飲みに行った。

夜の七時頃にはじまったが、九時にはお開きとなった。

ベテランの先輩たちと違い、Tさんはまだ若いこともあって、まだまだ飲み足りなく感じた。

(初めての博多だし、ちょっと街をぶらついてみよう)

そう思って、しばらく街を歩いた。すると、感じのいい小料理屋を見つけた。

入ってみると、カウンターの奥に店のおやじさん。カウンター席に三十歳くらいの美女、中年の男、そして中年の女が客としていた。すぐに中年の男が帰ったので、お店にお客は三人となった。

Tさんは、最初は一人で飲んでいたが、カウンターの端に座って一人飲んでいる美女に、ちょっと声をかけてみた。名前はS織。

S織さんは、あまり喋《しゃべ》らず、Tさんの話を聞き、にこりと微笑むだけの対応だったが、なんだか意気投合した感じがした。その話の中に、中年女性が入って来た。この女性はママさんと呼ばれていて、S織さんとともに、このお店の常連だと分かった。

三人で盛り上がっているうちに、閉店と言われた。

「もう一軒行きませんか」とTさんが言うと「じゃ、いいところがあるばってん」と、ママさんが言う。

ハードメタルカフェが、朝までやっている、という。

三人で店を出て、博多の街を歩きだした。

S織さんは、何を話しても「はい、はぁ」としか言わないが、ママさんのお喋りは止まらない。中学生の息子が今何をしている、とか、家庭の事情を聞きもしないのに教えてくれる。すると急に「ここ、うちの店ばい」と、歩みを止めた。

その隣のお店に見覚えがある。

「ママさん。僕、さっきまで、お隣のお店で先輩たちと飲んでたんですよ」

するとママさんは、「今日は定休日なんで、お店は閉めとうと。なんなら、お店開けるから、寄っていくとね?」

ママさんのお店で、三人で飲んだ。

S織さんも、だまって付き合ってくれた。
記念にと写真も一枚撮った。
深夜に別れて、次の日からまた舞台を務め、二日後に博多を後にした。

次の年、また博多での興行があった。Tさんが再び同行した。
初日の舞台後、先輩たちと飲んで、夜の九時に散会した。
飲み足らない。
スマホでお店を探した。すると、スマホがフリーズした。
充電はまだ半分は残っている。
一旦《いったん》電源を切って、再起動させると元に戻った。
お店の検索をはじめると、またフリーズした。
「マジかよ……」
なんとか起動させようといじくっていると、電源は入る。だが、またすぐ落ちるのだ。
そんなことを繰り返していると、とうとうスマホが作動しなくなった。
「困ったなあ」
でも、飲みたい気持ちは萎《な》えない。

あまり知らない街。どうしようか……。

その時、思い出した。

「あのママの店、やってるかなあ。ママ、僕のこと、覚えているかなあ」

記憶を頼りに、お店を探す。

「あった、ここだ！」

お店は開いている。入ってみた。

「いらっしゃい」とママさん。覚えていないようだ。

「なあ、ママさん。覚えてる？」

声をかけると、「ああ、去年の今頃、飲んだわねえ」

「あの女の子、S織さん、最近来てる？」

聞いてみた。するとママさんの顔が曇った。

「あの子ね……、亡くなったんよ」

「ええっ、なんで？」

「自殺」

「自殺？　なんで、なんで？」

聞くと、S織さんは、母と二人の母子家庭だったそうだ。その母が亡くなったのが、一年半ほど前。その死因となった病気が、遺伝性の奇病で、S織さんも、その奇病で死ぬんだと思い込み、そこから鬱《うつ》となり、自殺をしたという。

「身寄りがなかとでね。私が喪主代わりになって。飲み屋の常連さんたちと一緒に見送ったばってん……、かわいそうなこと、したばってん」

そう言って、ママさんは目に涙を浮かべた。

「そうだったんだ……。実はここに来たのは」

と、何気なくスマホを見ると、正常に戻っている。

「実はさっきまで、スマホ、壊れてたんだけど」

「そういえば、うちもS織ちゃんが亡くなったとき、携帯が壊れて修理に出したんばい。しばらくして戻ってきたばってん、ショップの人には、どこも壊れてないし、部品にも異常はないと。どこも壊れてなかった、と言われたとね。あら、壊れてなかったって、おかしいばってん。そう思って携帯を見ると、S織ちゃんに関するメール、電話番号、写真といった合切が、全部消えてたばってん。だから、あの子に関する記録がなんにもなくなってしもうてね。不思議なことも、あるもんばい」

そんな話を聞かされた。

大阪に帰って、親しいお坊さんにそのことを話した。

「その娘さん、あんたに何か未練を持ってるなあ。スマホの中に、その子の写真がある？　それは消去しなさい」と言われた。

そう言われて、なんだか怖くなってきた。

Tさんのスマホに取り込んであった、たった一枚のS織さんの写真を、その場で消去した。

Tさんは言う。

「ところが、なぜか復活しているんです。消しても消しても、彼女の写真は、僕のスマホから消えない。ほら、この子です」

私もS織さんの写真を見せてもらった。

陰のあるような、しかし絶世の美人だった。

火の柱

E子さんの父はよく、「人の魂は光るんや」と言っていたそうだ。

その言葉で思い出す話が、E子さんにあるという。

E子さんは、広大な干潟があり海苔《のり》の養殖が盛んな海沿いの町で、生まれ、育ったのだという。

十一月ともなると、その広大な干潟の海に海苔畑が広がった。竹竿《たけざお》に網が張ってあり、そこで海苔が養殖されているのだ。

満潮時に海に浸《つ》かっていた網が、干潮時には海面から顔を出し、海苔は太陽の光をいっぱいに受け、光合成をする。そしてまた、満潮になると海に沈む。そうやって海苔は育つのだ。満潮時と干潮時の海面の高低差は、最高で六メートルくらいはあるらしい。

だから、海苔の養殖に従事している人たちは、満潮時には船が必要だった。

E子さんの両親も、そんな海苔の養殖で生計をたてていたそうだ。

これは、E子さんが中学生の頃だというから、三十年ほど前のこと。

ある日、クラスメートのS君の両親が海から帰ってこないと、町中が大騒ぎになった。

S君の両親も海苔の養殖をしていて、船で出掛けたままだという。

近所の人たちは「きっと、作業に夢中になっているうちに、船が流されたに違いない」という。

干潮時は、海苔畑へは歩いて行ける。陸までそのまま続いているので、一見歩いて帰れるように思う。しかし、満潮になるときは一気に波が来て、歩いて渡ろうとすると足を取られ、体力を消耗し、そのうち海に呑《の》まれるのだ。

近所の人や、仕事仲間たちが船を出しての大捜索となった。このとき、E子さんの両親も捜索に参加した。

その、両親から聞いた話である。

たくさんの船と人員を出しての捜索だったが、まったく見つからない。

日も暮れてきた。

もし、海に呑まれたのなら、どこか沖合に流されたのかもしれない。

「そうなると、こら、今日中には見つからんかなあ」

そんな雰囲気になって、捜索隊は引き揚げかけた。

すると、

「あれはなんだ！」という声がした。

捜索隊の後方に、ブワッと火柱がたったのである。

捜索隊の船が、一斉にその方向へと舵《かじ》を切った。

火柱がたったところに、腰まで干潟に埋まった夫婦の遺体が立ったまま見つかったのだ。

「多分、二人は火柱をたてて、わしらに、ここにいることを知らせたんやな」

捜索隊の人たちは、口々にそう言って、不思議がったという。

新聞紙

ある大学の女子寮が、山の手にある。

その寮に住んでいるS子さんは、アルバイトのある日は、車で街へ出かけていたという。

ある夜のこと。アルバイトで残業し、深夜の帰宅となった。

車で、寮へと向かう真っ暗な一本道を走る。

途中に池がある。そこにさしかかった時、ヘッドライトが男の子を照らしだした。

道の真ん中に立ち尽くす、十歳くらいの男の子。その子が、こっちを見たまま、大きく両手を広げた。

慌てて、ブレーキを踏んだ。

ところがそこにいたはずの男の子の姿がない。

「あれ、男の子、いない……」

すると、コンコン、と、サイドウィンドウをノックされた。男の子がいる。

「なに?」

サイドウィンドウを開けると、男の子は無表情のまま車の中に新聞紙を押し込んできて、ある箇所を指さした。

「えっ！」

小学五年生の男の子が、この池で溺死《できし》したという記事。写真も載っている。この子だ！

もう一度、男の子を見る。

間違いない。

ザッパーン。

池に何かが飛び込む音がした。思わず目が、真っ暗な池に行った。

そして、また男の子を見ようとすると、新聞紙もろとも消えていた。

なんだかその新聞紙の日付が、頭に残っていた。

後日、調べてみた。

二十年前、確かにそのような事故があって、あの日が男の子の命日であったことを知った。

涅槃《ねはん》姿

Mさんは、ダンス教室の講師をしている。

自分の教室を持ってはいたが、内装工事のため、一時期使えなくなった。それでその期間中は、近くの公民館のホールを借りてレッスンをすることにした。

ある日のこと、レッスンの開講のために、公民館に行った。

ホールでお葬式をやっていた。

仕方ないか、と、しばらくは待っていた。

だが、なかなか終わらない。そろそろ時間だ。まだ終わりそうもない。

もうすぐ、生徒たちもやってくる。

関係者の一人を捕まえて問いただす。

「この後、うちが借りてるんだけど、早く終わらせてくれないかなあ。それで、さっさと片づけてもらわないと、うちも準備あるんだよね」

「はあ……」と、関係者は対応する。「でも、お葬式なんでね」

「わかってるよ、それは。けど、こっちもちゃんとお金払って借りてるんだよ。時間は守ってくれないと、迷惑するんだよ」

「でも、お葬式でして」

そんなやり取りが続いて、Mさんはカチンと来た。

思わず大声になる。

「とにかく、早く片づけて、みんな帰ってもらってよ。早くやってもらわないと、ほんと困るんだよね」

その声を聞いた、遺族や葬儀会社の人たちが、Mさんを取り囲む。

ホールの入口で、言い合いが続く。

そのうち、葬儀屋が折れて、まだ焼香する人やお悔やみを言っている人たちのいるなか、片づけられるものから片づけだし、ようやく撤収した。

「もう、時間ねえじゃん」

文句を言いながら、アンプやスピーカーをもって、会場に入って行った。

すると、ホールの真ん中あたりに、男が寝ていた。

右腕で頭を支え、左手を腰に当て、膝《ひざ》を軽く曲げているポーズで。

お釈迦《しゃか》様の涅槃のポーズだ。

ところがその男が物凄《ものすご》い怒りの形相で、Mさんをにらんでいたのだ。

ゾッとした。

「あかん」

踵《きびす》を返して、入口へと戻った。

そして、機材と一緒に生徒たちがやってくるのを待った。

生徒たちがパラパラとやってきた。

「先生、どうしたんです？」

「ちょっと、中見てくれる？」

「はあ」

「誰かいる？」

「いえ、誰もいないようですけど」

「ちゃんと見て。ほんとにいない？」

「いません」

「何もない？」

それを聞いて、また機材をもって中に入った。

このホールには、出入口は一つ。

あの男は、どこに行ったんだろう、とMさんは思ったという。

「ところで、なんで寝ている男ににらまれて、ゾッとしたのですか？」と、私はMさんに尋ねた。

「お葬式の人、近所の人で、僕、知ってるんです。涅槃のポーズで寝ころんでいたのは、亡くなったおじさんだったんです」

Fさんの告別式

デイサービスの運転手をしているKさん。

「こういう仕事をしていると、不思議なこともありますよ」と言う。

Kさんが仕事で使用する車は、リフトの付いた白いライトバン。

朝、お年寄りたちを車で迎えに行って、車椅子ごと乗せて、デイサービスセンターへ連れていく。

施設内では、食事をしたり、お風呂《ふろ》にも入り、お年寄り同士の交流もする。お年寄りにサービスを提供するだけではなく、利用者の家族の自由時間も担保する。

Kさんは、そんな仕事に誇りを持っている。

Fさんという、九十八歳になるおじいさんがいた。

丸縁眼鏡をかけていて、Kさんによれば、「大昔の映画スター、阪妻《ばんつま》(阪東妻三郎《ばんどうつまさぶろう》)さんに似た」人だったという。

Kさんは、Fさんの家へも迎えに行くが、そこへ行く道は、江戸時代からあった旧道で、そこから更に脇道に入ったところに、ウナギの寝床のような長屋がある。そこに、Fさんの住居があった。

部屋は二つ。

いつ行っても、奥の間のコタツに入って、背をかがめている。

年齢が年齢だけに、普通なら家族かヘルパーの人がいて、玄関まで送りだすところだが、Fさんは独り暮らし。だからFさんの場合だけ、Kさんは部屋の中に入っていくことにしていた。

「Fさん、お風呂行きましょうか」

そう言って立たせるが、つらそうな顔をして、

「しんどいな」

と、ぽつりと弱音を漏らす。それでも体に手を貸して、玄関へ連れていく。

部屋の壁やドアには、孫やひ孫が描いた絵や手紙があちこちに貼ってある。

〈ひいおじいちゃん、長生きしてね〉

〈ひいおじいちゃんのえ〉

などと描かれてある。部屋の掃除もわりと行き届いていて、家族は頻繁に来ているようだ。とはいえ、そろそろ百歳。こんな独り暮らしは限界に思われた。

冬になったころ、Fさんの家族から連絡があった。

「デイサービスは中止してください。入院になりました」

Kさんは、ああよかった、と、安心した。

もちろん、九十八歳の独り暮らしを憂う気持ちもあったが、それよりも、あの狭い旧道や、脇道に入らなくてもいいという安堵感《あんどかん》があったのだ。

脇道は一方通行。あまりに狭く、電柱が張り出しており、ライトバンはぎりぎりのところで徐行させる。だが自転車とすれ違うのにも神経を使う。その道に、もう入らなくてもいいわけだ。

年が明けて、事務所にかけてあったFさんの札も下げた。

そして、初夏。

五月二十四日、朝九時、Kさんは、白いライトバンを運転していた。

一人のおじいさんを助手席に乗せ、老夫婦を一組、後部座席に座らせ、車椅子のおばあさんも乗せて、デイサービスセンターに向かっていた。

ふと、考え事をしていて、曲がるべき道を行きすぎてしまった。

「まあええわ、次の角で左折しよう」

すると、次の角では工事をしていた。

「じゃあ次で右折しよう」

また工事をしている。三度目も工事に阻まれた。

「ちょっと」と、現場の誘導員に声をかけた。

「ちょっとここ、行かれへんの？」

「すみません。工事中なもんで」

「困るねんけど。さっきも工事してたしな」

「すみません。そっちへ行くと、細い道があります。なんとか通れると思いますので、そっちから行ってください」

その道は知っている。

以前、Fさんを迎えに毎日通った道だ。仕方ない。その道へ入った。

「半年ぶりかなあ、この道」

電柱や自転車をかわしながらの徐行運転。そのうち、Fさんが住んでいた長屋が見えてきた。なんとなく、気になった。

玄関口を見た。

「あっ」

戸に張り紙がしてあった。

〈忌　斎場にて、お通夜、二十四日、告別式、二十五日〉とある。

その時、耳元に、Fさんの声が聞こえた。

「おい、オレ、こんなんになったわ」

Kさんは、デイサービスセンターに着くと、「今、半年ぶりに偶然Fさんの家の前を通ったら、こんな張り紙を見たわ」と報告した。

通夜と告別式には、Kさんたち、何人かのスタッフが立ち会うことができたのである。

着信記録

同じく、デイサービスの運転手をしているKさんの話である。

八十歳のおばあさんがいた。名前は、愛《あい》、という。

愛さんの住むマンションはオートロック。

「デイサービスです」と告げると、エントランスへと入る扉が開く。吹き抜けのあるエントランスを抜け、エレベーターに乗り、五階の一番奥の部屋。チャイムを押すと、家族が開けてくれ、愛さんを車椅子に座らせ、連れていく。

ところが、迎えに行っても、たいていは「行きたくない」と言って動こうとしない。

二十歳の孫が「おばあちゃん、行っといで。お風呂入ったら気持ちいいし、衛生面を考えても、行った方がええから」と言うが、それでも嫌がる。

四回に一回は、愛さんは拒否して出ようとしないので、そんな時は「すみません、せっかく来ていただいたのに」と家族の方に謝罪され、「ああ、いいですよ」と、Kさんは空振りで帰ることになる。

ある夏の日、三時の送り迎えが済んで、事務所に戻ると所長に声をかけられた。この送り迎えのことを事務所では、「使い」と言っている。

「Kさん、今度の使いやけどな。悪いけど、愛さん、先に送ってくれるか」

「どうしたんですか？」

「親戚《しんせき》かなんかの人が来てるねんけど、鍵《かぎ》がなくなって入れないって、困ってるみたいやねん」

「いつもの時間より、だいぶ早いですけど」

「とにかく、マンションの前で待ってるらしいから。頼むわ」

次の使いは四時出発。瞬時に愛さんのマンションへ行く道順と時間を頭の中で計算する。

なんとか、四時には戻れそうだ。

「わかりました。じゃ、すぐにそのようにします」

「頼むわ。その親戚の電話番号、聞いてるから、こっちから連絡しとくわ」

愛さんを一人乗せて、走る。

なぜか、車の走りがすごくいい。赤信号に一つもひっかからない。渋滞もない。

あっという間に、マンションに着いた。

ところが、マンションの前には誰もいない。

愛さんの車椅子を車から降ろし、車椅子に吊《つ》り下げてある、トートバッグから鍵を取り出すと、その鍵でオートロックを解除し、車椅子を押しながら中へ入った。

五階でエレベーターの扉が開くと、一番奥の部屋のドアが少し開いていた。

「あれっ、誰か帰って来たんやな。親戚の人、入れたんや」

そのまま玄関口に行き、ドアを開けると「ただいま、戻りました」と、中へ向かって声をかけた。

と、中にいた柴犬《しばいぬ》が、びっくりしたようにこっちを見た。それが、飛び上がるほどの驚きで、同時に空気の塊のようなものが背後から入ってきて、一瞬で鳥肌がたった。

と、「はあい」と気の抜けたような返事が聞こえて、孫が顔を出した。

「あれ、帰って来たんや」

「は？」

「一時間、早いですよね」

「いえね、親戚の人が来てはって、鍵がないからはよ、帰って来てと言われまして、それでちょっと早めに愛さん、送って来たんですけど」

「そんな人、来てませんし、それ、電話で？　そんな電話、誰もしていないですよ」

家族の時間というものがある。約束の時間より一時間も前倒しすることは、本来やってはいけないことなのだ。

「すみません。もう帰って来ちゃったので……」

ともかく、愛さんを部屋に残し、謝罪して事務所に帰った。

所長は、電話の対応でしきりに謝罪をしていた。

「どうして、早く帰したんですか」と、愛さんの家族からの抗議電話。所長は、「親戚の方から、こうこう、こういう電話をいただいたものですから、とその電話番号を伝えた」と言うが、誰もそんな電話はしていないし、そんな番号も知らない、そして親戚も来ていないという。

「所長。誰かと間違えはったん違います？」

「いや、ちゃんと電話を受けた。それでKさんが愛さんを連れ出したとき、折り返し電話したんや。『今から行きます』って。そしたら『ありがとうございます。早く帰って来られるんですね。このことは、愛にも伝えてくださいね』と女の声で言われた。しかも、愛と、おばあちゃんを呼び捨てにしている。つまり、身内や」

「それって、誰ですか」

所長は事務所の電話に残る着信記録を見せた。

〇九〇、からはじまる携帯の番号。今からその番号に電話をして「お宅、どなた？」と聞くのはデイサービスの仕事ではない。

と、その時、所長が気づいたのだ。

「あーっ、今日、八月十五日かあ。お盆やなあ。そら、どうしようもないなあ」

翌週、愛さんを迎えに行くと、奥さんが出てきた。

「先週はすみませんでした。なんか、早く帰って来ちゃいまして。妙なことになってしまいました」と、Kさんが頭を下げると、奥さんが言う。

「あのね、私、あの番号、なんか気になって電話してみたんです」

「えっ、どなただったんでしょうか？」

「あ、こんなこと、言っても信じてもらえないでしょう……」

それ以上のことは、語ってくれなかったという。

母の遺言

今は、サラリーマンをやっているAさん。

十八歳のとき、母を亡くしたという。

Aさんが、「父は幼いころ亡くなっていたんで、兄と母との三人暮らしだったんです。で、母さんが亡くなったとき、なんだか妙なことがいろいろ起こったんですよ」

と、聞かせてくれた話である。

Aさんの母は鎌倉《かまくら》市で喫茶店を営んでいたという。その店を閉めることになった。四歳上の兄と一緒に、店を片づけるために真夜中に出かけた。

店のシャッターをガラガラッと上げて入口の扉を開ける。当然、店の中は漆黒の闇だ。

ところが。

真正面のトイレのドアが、ガチャリと開いた。

えっ、と兄弟は固まった。誰かいる？

ドアは完全には開かずに、隙間を作っているが、そこから人の顔が覗《のぞ》いた。

亡くなった母だった。じっと兄弟を見ている。

その瞬間、兄弟二人は無言で踵《きびす》を返して、シャッターも扉も開けっ放しにしたまま帰ったという。

不思議なのは、まったく明かりのない店内で、どうしてあんなにはっきりと母の顔だと確認できたのか、ということだった。

そういえば、母が亡くなったとき、こんなことがあった。


Aさんがアルバイト先から帰って、玄関で靴を脱ごうとした。すると、

「痛いーっ」という声が、家の中から聞こえた。

母の声のように思えたが、入院しているはずだ。あれれ、なんだろ、と不思議に思いながら、中へ入る。

誰もいない。

「しんどいわ」と、また聞こえた。やっぱり母の声。

胸騒ぎがした。すると、電話が鳴った。兄からだった。

「母さん、今死んだよ。すぐ病院に来い」

後に兄から聞かされた。

昏睡《こんすい》状態だった母が、突然起きて「痛いーっ」と叫んだ。

「母さん、大丈夫か？」

そう兄が声をかけると、

「しんどいわ」と一言いって、こと切れたという。


Aさんが、病室で看病しているときもこんなことがあった。

毎朝、同じ時刻になると、母は「痛い、痛い」と訴える。それが見ていられない。医者を呼ぶが、どうにもならない。その後、昏睡状態になる。その繰り返し。

ある日のこと。

昏睡状態にある母を病室に残して、Aさんはトイレに行った。

そして、タバコを一本吸って、病室に戻った。

すると、母が起きていた。そして、Aさんを枕元に呼ぶ。

「お前、まだ十八歳じゃないの。タバコなんて、ダメだよ」

「え、なんでわかったの？」

母が、ちょっと笑みを浮かべて言う。

「わかるんよ。なんでもお見通しだよ」

Aさんは、母が入院したころから、仏教系の本を読み漁《あさ》った。

（お母さん、死ぬのか。死んだら、人間はどうなるんだ）

そんなことを思ってのことだった。その中に、死ぬ間際の人間は、周りのことを何でも悟る、と書いてあった。また母が言う。

「ねえ。母さん、癌なんだろ」

そう言われて、何と答えていいのか困った。

母が癌であることは、兄弟には知らされていたが、母には言っていない。

「正直言いな。母さん、癌なんだろ」

十八歳の少年は、思わず正直に告白した。

「そうだよ」

「そうか。よく言ってくれたね」

しばらく二人は沈黙した。その沈黙を、母が破った。

「ねえ、おばあちゃんのこと、覚えてる？」

母の母親のことだ。

「おばあちゃんが死んだとき、仏壇から鉦《かね》の音が、一日中鳴ってたことあったよね」

覚えている。子供心に、すごく怖かった。

「母さん死んだら、同じように鉦鳴らすからね」

「おいおい、やめてくれよ。出てきてくれるのはいいけど、もうちょっと穏やかな出方にしてくれよ」

そう言って、二人で笑った。その直後、また母が昏睡状態となった。

兄が病室に顔を見せて、そこで付き添いを交代し、Aさんはアルバイトに行った。

そのアルバイトから帰った時、母は亡くなったのだ。

翌日、遺体を家に運んで仏間に寝かせた。そして、母の枕元に座って、語りかけた。すると、ガラス障子一枚隔てたキッチンのあたりから、チーン、チーン、という鉦の音が聞こえてきた。

キッチンを見てみたが、音の原因はさっぱりわからない。

「母さん。ほんとに鳴らしやがった……」

鉦は一時間ほど鳴り続けて止んだ。

その音は、仏壇の鉦の音とは違い、もっと澄んだ心地よいもので、以後は聞くことがなかったという。

お葬式も終わって、しばらくは、仏壇の前に祭壇を作って、そこに、遺影と骨壺《こつつぼ》を置いた。

兄には婚約者がいた。

ある日、その婚約者を連れてきて、兄と彼女は仏間で語らっていた。するとささいなことから口論になり、やがて大げんかとなった。Aさんが止めに入るが、二人は怒りをあらわにして、互いを責めている。

ガッシャーン！

物凄《ものすご》い大音響が、仏間に響いた。

「えっ、なんの音？」

それは水の入った大きな水槽を、コンクリートに叩《たた》きつけたような音だった。もちろん家にはそのような水槽はないし、音の原因もわからない。

「なんだったんだろ」

「さあ……」

兄と婚約者のけんかは、そこで中断した。

ところが、しばらくしてけんかが再発した。また止められなくなった。

兄が婚約者に手をあげようとしたとき、

ガッシャーン！

また、あの大音響が響いた。

「やめよう。きっと母さんだ」

兄がそう言って、けんかは収まったのである。

母が経営していた喫茶店を、売却しようということになった。するとと、母の姉のマサコおばさんと、妹のヨシコおばさんが、その話を聞きつけてやって来た。

母の名は、アキコさん。

「私、アキコが喫茶店やろうとしたとき、お金貸してあげたのよ」

「私だって、アキコ姉さんが困ったとき、お金貸してあげたわよ」

何だのかんだのと言って、喫茶店を売却したお金と、遺産の大部分をAさんたち兄弟から取り上げてしまったのである。

二十二歳の兄と十八歳のAさんは、大人のむき出しの欲望には、どうにも抵抗できなかったという。

ところが、四十九日が終わるという夕方、いきなりマサコおばさんが訪ねてきた。そして仏壇の前に正座すると、手を合わせて、なにかをぶつぶつと口にしている。

「ねえ、アキちゃん。二人で横浜《よこはま》で食事したねえ。あの時のこと覚えてる？」とか「京都で見た紅葉、綺麗《きれい》だったねえ」とか、なんだか思い出話をしている。そして目に涙が溜《た》まってきた。やがて口から出る言葉が、懺悔《ざんげ》となった。

しばらくして、マサコおばさんに、兄とともに呼ばれた。

「悪かったわね。これ、あんたたちのお金だよ」と、封筒に入った大金を差し出された。

「どうしたの、おばさん」

こんなことがあったという。

昨日の夜のことだそうだ。

夫は出張で、家の中はマサコおばさん一人。

風呂《ふろ》に入っていると、脱衣所から、ダンダンダン、と音がした。

「ダンナ、帰って来たのかなあ。今日は泊まりって言ってたけど……」

すると、風呂場のすりガラスに、ぴたりと二つの手のひらが張りついた。

「えっ、なに？」

「マサコ姉さん、開けてよ」

声がはっきり聞こえる。

（アキちゃんの声だ）

「マサコ姉さん。ねえ、ここ開けてよ。話があるからさあ。ここ、開けてよ」

その手が、すりガラスを這《は》う。

「マサコ姉さん。話があるからさあ。開けて、開けてよ」

その手と声は、一時間ほどそこにあり、怖くて怖くて、風呂場から出られなかったのだという。

マサコおばさんが帰ると、入れ替わるようにヨシコおばさんがやって来た。

同じように、いきなり仏間に入り、仏壇に手を合わせると、また思い出話をしている。

しばらくして、同じように兄とともに呼ばれて、現金の入った封筒を渡された。

「これ、返すわ。悪かったね」

「どうしたの、おばさん」

昨日の夕方のことだそうだ。

玄関から、いきなりガンガンガンガンと、ガラス戸を叩く音がした。

昔の造りの木造の家。玄関の扉も古いガラス戸なので、そんなに強く叩かれたら割れると思った。

「はいはい。今行きます。そんなに叩かないで」

そう言いながら、玄関へ出てみた。

叩く音は止まず、玄関のガラス戸が揺れている。叩く手も、すりガラス越しに見えている。

「はいはい、どなた？」

「ヨッちゃん。開けてよ」

「えっ、アキコ姉さん？」

思わず開けようとして気がついた。

（アキコ姉さん、死んでるよね……）

でも声はしていて、戸を叩く音は止まない。

「ヨッちゃん、ねえ、話があるからさあ。ここ、開けてよ」

音もして、ガラス戸も揺れている。

「ヨッちゃん。私よ。話があるからさあ、開けて、開けてよ」

約一時間、ずっとそれは続き、怖くて玄関の戸は開けられなかった。

「あの二人のおばさん、きっと心の中にわだかまりがあったんだよ。そこに母さんが出てきて、お金を返すように促したんだよ」と、兄は言った。

遺産と喫茶店を売却したお金は、全額、二人の兄弟のもとに返って来たのである。

出産ビデオ

T美さんが出産した時のことである。

まだ、お腹に赤ちゃんがいる頃、病院で他の妊婦さんたちと、出産ビデオを見せられた。

出産シーンが映し出されている。

カメラマン、映っている妊婦さん、それに助産師、産科医たち、四、五人の医療スタッフたちが立ち会っていると思われた。

ところが。

「うおーっ、頑張れ！　ダイジョブかあ。もうすぐや、頑張れ！」

と言う、男の叫び声が映像から聞こえてくる。それも数人いるようだ。

(なに、この暑苦しい応援？) と、ちょっとその声を不愉快に思った。

ビデオが終わると、「どうでしたかあ」と、助産師に感想を求められた。

「なんか、すごい応援の声、聞こえたんですけど」

そうT美さんが言うと、「私も聞こえました」と数人の妊婦さんが手を挙げたが、何も聞こえなかった人たちもいた。助産師も、そんな声は入っていないと否定したという。

見舞いに来た友人にそのことを話した。

「じゃあさ、あんたが産む時に、そんな声がするかもしれんね。それ、御先祖さんか何かやろうか。もし、聞いたら、教えてな」と言われた。

「そんな場合やないやろ。もしあんな声聞こえたら、私、うるさいって、キレるわ」

と、冗談を言った。

あと二回

そのT美さんが、いよいよ出産となった。

自然分娩《ぶんべん》なのだが、なかなか子宮口が開かない。

なかなか産まれない。

夫は左手を握ってくれている。

「いきみなさい」と、助産師たちに言われるが、いきんでも、いきんでも、やっぱり産まれない。

(やっぱり暑苦しい応援、聞こえへんなあ……)

そう思いながら、意識が遠のきそうになる。呼吸困難に陥ったのだ。

その時、頭のてっぺんのあたりから声がした。

「あと二回いきんだらいいから。あと二回だから」

T美さんは、意識を取り戻し、助産師たちに言った。

「すみません。あと二回、いきめばいいんですね?」

すると、その場にいた全員に「はあ?」と、物凄《ものすご》い顔をされたのだ。

「だって、今、そう言われました」

「何言ってんの。まだ赤ちゃんの、あの字も出てないわよ。早く出しなさいよ。あと何十回もいきまないとダメじゃないの」と怒られた。

（怖っ）と泣きそうになりながら、いきんだ。

すると、ほんとうに、二回で出産した。

「あら、ほんまに出てきたわ……」

助産師たちの、きょとんとした顔が忘れられない、という。

声は、女の声だった。


後にそんな話をある友人にすると、友人も、「うちの母は、徳島で一人暮らしなんだけど」と、こんな話をしだした。

友人も子供を産んでいる。徳島の母親には、電話で「産まれたよ」と、知らせた。

すると、「知ってた。一昨日《おととい》の夜やろ」と母は言う。

「なんで知ってるの？」

一昨日の夜、もう寝ようと布団を敷いていると「赤ちゃんがでてきました」と言う声がした。

「は？」あたりを見回したが、誰もいない。その時に、ああ、無事に産まれたんだなと悟ったという。

加えて母は言ったそうだ。

「それがな、ガス給湯器の『お風呂《ふろ》が沸きました』みたいな声やったわ」

まずい

東日本大震災があって、三カ月ほどたった時のこと。

国の調査員として派遣されたMさんは、自衛隊や県警、鉄道会社の人たちと共に被災地を回り、現場の写真を撮ることが仕事。もう、十五万枚もの写真を撮った。

ある日も現地視察をしたが、鉄道会社の人が「こういう被災地を息子に見せたい」と、妻と小学五年生の男の子を同行させていた。

午前中の作業も終わり、「お昼、どこで食べようか」ということになった。

すると、一軒のラーメン屋を見つけた。

入ってみると、チャイムが鳴り、その音で店主が入口を覗《のぞ》いて「へい、いらっしゃい」と挨拶《あいさつ》をし、ラーメンを作りだす。

ラーメンは一種類だけ。

それでも、温かい食べ物がありがたかった。

お店は、ウナギの寝床のような細長い造りだった。

Mさんと数人の調査員、そして鉄道会社の夫婦と男の子が席について、やがて出さ

れたラーメンをすすりはじめた。すると、男の子がラーメンを食べながら、

「ピンポンピンポン、ピンポンピンポン」と叫びだした。

「静かに食べなさい」と父親に叱られる。

しかし男の子は、また、

「ピンポンピンポン、ピンポンピンポン」と繰り返す。

「どうしたの？」

Mさんが聞いた。

「お客さん来たけど、チャイムが鳴らないから、代わりに言ったんだよ」という。

「えっ」と、入口を見るが、誰もいない。

「坊や、誰もいないよ」

「いるよ、今あの席に座ったよ。三人の家族連れだよ。僕と同じくらいの男の子がいるよ」

すると厨房《ちゅうぼう》から店主が顔を出して、「坊や、どうしたの？」と同じ質問をする。

店主は子供から、三人の家族連れの話を聞くと、コップに水を入れてその無人のテーブルに置き、やがて出来上がったラーメンも三つ並べた。

すると男の子は、「あそこにもおじいさんが座っていて、早くラーメンを出せって、言ってるよ」と、指さした。

店主はまた、コップに水を入れてテーブルに置くと、出来上がったラーメンを持って行った。しばらくして、男の子は、「まずいって、おじいさん、怒ってるよ」と言いだした。

「なに、まずいだと？　ふてえ野郎だ。なんて名だ。名前を聞いてみろ」

男の子はある名前を言った。

それは、店主の父親の名前だった。

店主は父親に付いてラーメン修業をしていたが、父親は三ヵ月前に、津波に呑《の》まれて亡くなったのだという。

医者を辞めた理由

　ある外科医が、医者を辞めた。

　漫才師のWさんの知り合いで、「医者になったら儲《もう》かるねん」などと、ネタにしたこともある。なのに、そんな高収入をけって、まったく違う仕事に就いたという。

　あるとき、Wさんは二人で飲みに行った。そして酔いにまかせて、思い切って聞いてみた。

「なんで、医者、辞めたんですか」

　すると、「聞こえるから」と言う。

「えっ、何が？」

　入院患者のカルテを見たり、書き込んだりしていると、聞こえてくるのだという。

「あと、五日やな」

「明日《あした》の朝やな」

その声は、頭の中に直接響いてくるのだそうだ。

危篤状態の患者に、必死になって処置を施す。

家族の人たちは心配そうにそれを見守っている。

そこにあの声が響く。

「あかん。処置しても無理や。朝、死ぬわ」

しかし、医学的には持ち直せるはずだ。確かに最悪の状態は脱した。峠は越せるはずだ……。

しかし、朝になったら、声の言う通りになる。

逆に、「持ち直すな」という声もする。そんなときは、どんな危機的状態でも持ち直す。

声は百パーセント当たる。

それが嫌になった。

自分の努力や力が、声に敗北するような気持ちがして、こんなことには一切かかわりたくなくなった。

「だから辞めたんだ」と言われたという。

ひき逃げの犯人

市の施設で働いているKさん。

ある日、施設の警備員が変わったことに気がついた。

背の高い、目つきの鋭い初老の男性。

「K君。警備員、新しい人、来たやろ」と、上司のOさんに声をかけられた。

「ああ、来てますね」

「あの人、元、刑事やで」

「えっ、お話されたんですか?」

「そやないけどな。わかるんや。目や。あの目は刑事の目や」

そのうち、Kさんも警備員と顔見知りとなって、立ち話をすることも多くなった。

休憩時間などは、タバコを吸いながら、よく世間話もした。

あるとき「僕、怖い話とか好きで、よく聞きまわっているんですけど、そんな経験ないですか」と、聞いたことがあるという。

すると、警備員は、しばらく考えて「怖いとかじゃないけど、三十年ほど前、大阪府下の枚方《ひらかた》署のひき逃げ捜査班にいたときのことだけど……」と、こんな話をだした。

やはりこの人は、元刑事だったのだ。

「被害者は、小学三年生の男の子。そのわりには、もっと幼く見える、背の低い子でねえ。夕方、銭湯から出た直後、車に当てられ、そのままひき逃げされたんです。

僕らは、その検証にあたったわけです。

時期は、夏休みに入ったころでした。

男の子は、真っ白なシャツに下は青いパジャマのズボンに着替えていましたが、その腹から肩にかけて、タイヤの痕《あと》がはっきり残っていたのが、印象的でね。完全に、車に乗られていると。

こういうのを、僕らの世界では『腹部から胸部にかけての裂傷』と調書に書くわけです。

銭湯の亭主に聞き取りをします。

『男の子は、何時に来られましたか?』

『五時、ちょっと過ぎだったと思います』

『何人で来られましたか?』

『お一人でした』

『出られたのは、何時ごろでしたか？』

『四十分ほど入られて、そこの脱衣所で着替えて、あそこにあるケースからジュースを一本出して、五十円玉を持って買いに来られて、十円玉をお釣りとして渡しました。男の子はその場で、ごくごくとジュースを一気に飲み干して、ありがとう、と言って、ガラガラッとその戸を開けて、外に出られました。その直後のことでした。どん、きゅう、という大きな音がして、すぐに私は表に出たんですけど、もう、その子は道に倒れていて、タイヤの痕がありました。もちろん車はもういませんでした。酷《ひど》いことをしやがってと、もう腹がたって……』

そう聞きました。

僕も、そのころ、三十歳になるかならないかの若さで、正義感に燃えていましたから、なんとしてでも犯人を捕らえてやる、そんな気持ちが湧き上がりました。

そう、よくテレビドラマでもやるでしょ。署員が横一列となって、遺留物を捜すんです。

塗膜片の一つでも出てくれれば、車種はわかります。

ひかれた場所、男の子が持っていた洗面器がここまで飛んでいる、シャンプー、石《せっ》鹸《けん》箱、これらは全部遺留品。すると、爪切りで切ったくらいの爪先ほどの塗膜片が見つかったんです。調べたら、H産製のSという車種とわかった。

でもその車は、昭和六十年代にすごく売れた車でしてねえ。思いました。こりゃあ、ちょっと長引くぞ、と。

次に陸運局から、資料を送ってもらって、それを見ながら車当たりをします。つまり、当該車両を片っ端から調べて回るんです。ものすごい量でね。

事故の場所が枚方市。でも、車の持ち主は大阪かもしれないし、京都かもしれない。京都府警に協力をしてもらっての車当たりとなるのですが、出てこないわけです。
五、六日経つと、焦ってきました。
というのは、車が、証拠隠滅としてスクラップになる可能性がある。国道一号線沿いにあるでしょ。車のスクラップを置いている場所が。あそこに行きました。

ものすごい数のスクラップ。その中に、一台Sの車種があった。スクラップの中に頭から突っ込んで、そのまま放置してある。

『これだ！』

直感が働きました。前に行って見てみたら、子供を当てているので凹《へこ》んでいるはずの車体が、綺麗《きれい》なんです。『あれ、違ったかな？』

ちょっと不安に思った。

そしたら、キラッと何かが光ったんです。

『うん、なんやろ?』

見てみると、どうしたもんでしょうかね。

車体とヘッドライトの接合部分に、真っぷたつに割れた十円玉の片方が、バシッと挟まっていたんです。その十円玉が、何かの原因で光ったんです。

『なんでこんなところに十円玉が……。あっ、これ、銭湯で飲んだジュースのお釣りと違うか?』

泥の上に膝《ひざ》をついて、バンパーを覗《のぞ》いてみた。そしたら、髪の毛がむしりとられたようにへばりついていた。鑑識に回すと、被害者の男の子のものでした。

『この車を持ち込んだのは誰です?』

スクラップ工場の人に聞いたら、若い男が容疑者にあがった。そして逮捕したんです。

三十年たった今でも思います。

あの男の子が、刑事さん、僕、この車にはねられました、と。

そう教えてくれたとしか、思えないんですよ」

最後の姿

百貨店勤務のY子さん。

高校一年生のときにあったこのことは、はっきり覚えているという。

Y子さんは、当時部活をしていて、水曜日は文芸部、木曜日は演劇部に入っていた。

五月の、ある水曜日。

部活に行くと、顧問の先生に「ごめん、今日、急用ができたので、今日の部活、中止ね」と言われた。

仕方がない。三時発のバスに乗って、学校の最寄りの私鉄駅に出た。

（時間あるし。そや、本屋さん、寄ろう）

今いるのは、北口。本屋は南口にある。

南口に向かって歩き、駅前の道路にさしかかる。すぐそこが本屋さんだ。

すると、本屋の前で、猛スピードでこちらへ向かって来る自転車があった。

（あっぶないなあ。なに、あの自転車！）

よく見ると、自転車に乗っているのは、中学時代のクラスメートだったM君。

「Mく〜ん、久しぶり」

と、その自転車に向かって声をかけたが、M君はそれを無視して、そのまま目の前を猛スピードで通り過ぎた。

「あれれ、M君、私の顔、忘れたんかなあ。けど、あんなスピードで走ってたら、事故るで」

そんな独り言を言いながら、本屋に入った。

本屋にいながらも、Y子さんは、M君のことがずっと気になっていたという。

自転車を必死の形相で漕《こ》いでいたM君。その顔が土色で、目はまっすぐ前を見たまま。

記憶の中にあるM君の姿とは、違和感があったのだ。

翌日、演劇部の教室へ行くと「すまんな、今日先生、急用できてな。部活は中止や」とまた顧問の先生に言われた。

「またあ。そんなん部活入った意味ないやん」

そうぼやきながら、また三時発のバスに乗った。

駅の北口に着いたが、なぜかまた、本屋に寄りたくなった。

南口に回ると、なんと中学時代の友達が大勢いた。なんだか嬉《うれ》しくなって、声をかけた。

「みんな～、久しぶり。なにしてんの、こんなところで」

するとみんなは神妙な顔つきで「あんた、いくら連絡しても、連絡つかへんかったやん」と、一人の友人が言う。

「いつ？」

「昨日やん」

みんなの表情が暗い。

「どおしたん？」

「これからお通夜やん。あんたも来るんやろ」

「え、誰の？」

「M君やん」

「えーっ、そんなはずないやん。昨日うち、M君に会ったよ」

話を聞くと、M君はちょうど昨日のこの時間、自転車に乗っていて交通事故にあい、そのまま亡くなったという。

「けど……、M君、元気に自転車乗ってたけど」

そのまま、Y子さんもM君のお通夜に行った。

ほんとうに、M君は亡くなっていた。

事故現場は、駅の南口からさらに南にある中学校の前だったらしい。
「私の見たM君て、亡くなる前なの？　亡くなった後なの？」
それはわからない。
しかし、中学から駅へ向かう途中だったというから、おそらくそれは……。
どちらにしても、M君の最後の姿を、Y子さんは見たことになるわけだ。
そして、部活が休みになったのは、三年間で、その二日だけだったという。

布団で寝るな

　Oさんが高校一年生の時の話というから、もう四十年ほど前のことである。

　奈良県と三重県の県境にある大台ヶ原山《おおだいがはら》に登った。標高約千七百メートルの山である。

　メンバーは、大学の山岳部に所属しているというN先輩が引率し、同じ山岳部のA先輩、高校三年生のM先輩、同級生のF君の五人。

　その日の夜は、大杉谷《おおすぎだに》にある山小屋に泊まった。

　数学の先生の親戚《しんせき》にあたるフナさんというおばあさんがいて、住み込みで山小屋を営んでいたのだ。

　粗末な小屋で、入口から入ると、土間になっていて、上がり框《がまち》を上がる。

　するとそこに、畳敷きの六畳の部屋が二つ並んでいて、その一つの部屋にちゃぶ台がぽつんと置いてある。壁は薄く、裸電球がぶら下がっているだけ。

　襖《ふすま》で仕切った奥の部屋も六畳の和室で、ここはフナさんが寝起きする部屋になっている。

その隣が台所で、食事はそこでする。

廊下もなく、風呂《ふろ》はあるが、これはフナさん専用のもので、登山客は使えない。

裏口を出れば、そこがトイレ。

寝るだけの小屋だ。

ただ、近くに清流があるので、そこでジュースやビールを冷やしておけた。その、水の流れる音が、さらさらと部屋の中まで聞こえてくる。

近くまで林道が来ているので、食料はそこを使って調達する。とはいっても缶詰類が主なもので、新鮮なものは望めない。

食事も終わって、みんなが寝る準備にかかった。

するとフナさんが、

「寝るのは、この部屋やで」と、ちゃぶ台が置いてある部屋に案内する。

そして、「必ず、寝袋で寝るようにな」と言う。

しかし、押入れには布団が入っている。

「なんでや、フナさん。布団あるやん」

そう、Oさんが言うと、

「布団で寝たら、出るで」と言われた。

「出るって、幽霊のこと？」

思わずF君と顔を見合せた。

するとN先輩が「あのな、この部屋で寝てるとな、チャリーンて、小銭が当たるような音がするんだ。そしたら、必ず出るんだ」と、笑った。

「ほんまですか？　そんなん僕、信じませんからね」

そう言っていると、部屋のどこかで、チャリーン、チャリーン、チャリーンと、三回、確かに小銭が当たるような音が聞こえた。思わず固まった。

「今夜、出るな」

そんなことを言っている先輩たちに、「僕、布団で寝ますよ」と、Oさんは啖呵《たんか》を切った。

「お前、勇気あるなあ」

そう先輩に言われたが、Oさんは、ほんとうに幽霊の存在を疑っていたのだ。だからこそ、確かめてみようという気が起こったのである。

「知らんで」

先輩はあきれ顔でそう言った。

消灯となり、Oさんは布団にもぐりこんだ。

疲れていたせいもあって、すぐに眠りに落ちた。

真夜中。

ぐっと、足元の方へ、布団が引っ張られた感覚があって、目が覚めた。

部屋の中は真っ暗だ。何も見えない。

しかし、今、確かに感じたのだ。人が引っ張ったというより、磁石に吸い寄せられるような感覚だった。

すると、布団が横に、ズッと動いた。

慌てて枕元にあるヘッドランプを手に取って、明かりを点《つ》けた。その明かりで部屋を見回す。しかし、誰もいない。寝袋の中で寝息をたてている仲間たちがいるだけだ。

(おかしいな、確かに何か、あるよな)

ランプを消して、また布団にもぐりこんだ。

ズズッ。

また足元へ引っ張られた。

また慌てて、ヘッドランプを手に取って、部屋を見回す。やはり、何もない。

仲間たちが、寝息をたてている。

また、ランプを消して、布団にもぐりこんだ。

直後に、ズズッ、横に引っ張られた。

また慌てて、ヘッドランプを点ける。

こんなことが、何度も何度も繰り返される。

原因は、さっぱりわからない。

また、ズッと引っ張られた。

ヘッドランプを手に取って、今度はあおむけになったまま、何気なく天井を照らした。

白い、サンドバッグのようなものがぶら下がっていた。

(なんだ……、あれ)

しげしげとそれを見ているうちに、それは首を吊《つ》った女だとわかった。

Oさんの悲鳴が、小屋に響いた。

仲間たちは起きだし、部屋の電気が灯された。続いて襖が開いて、フナさんも出てきた。

「どうした？」

「首吊り。女の人が、首吊ってる」

しかし、明るくなった部屋の中に、そんなものはなかった。

「でも、ぶら下がってた。僕、見た。ここ、真上に」

すると、フナさんが、

「あんた、布団で寝たんか。そら、見るわ」と言う。

「何かあったんですか、ここ」

「あんたの寝てる、そこで、ほんまに首吊った女がいたんや」

その言葉を聞いて、Oさんは、霊の存在を確信したという。

すると、

「そもそもこの小屋はな……」と、フナさんは、こんな話をしだした。

春になると、フナさんはこの小屋にやってきて、ここを営み、登山客の世話をする。ところが、秋の暮れから冬にかけては、フナさんは家のある村へと帰るので、ここは無人となるという。このとき、盗難にあわないよう、食料品や薪、燃料といったものも、何もかも、村へおろすので、小屋には何もない状態になる。

ただ、カギは開けてあるという。

何かあったときの避難小屋となるのだ。

数年前の春、フナさんが山を登ってこの小屋に入った。

すると、女の首吊り死体がぶら下がっていたというのだ。

フナさんが寝起きしている部屋は、漆喰《しっくい》の壁になっているが、その壁に、何かが書いてあった。

〝やっと、ひなんしたのに、食べるものもないし、火をおこすこともできない。このまま、わたしは死ぬかもしれない〟

それは爪で書かれた、血痕《けっこん》の残る文字であった。

そしてフナさんは言った。

「けどな、ここで死んだの、その女だけやないねんけどな」

お客様相談室

Nさんは、旅行代理店の〈お客様相談室〉に勤めている。

「いろいろ、クレームが来るんだよ」と言う。

「食事がまずい」「旅館の部屋が気に入らない」「添乗員が新人なのが気に入らない」「雨天でカットされた見学地があったが、料金はそのままなのか」「企画が全体的に気に入らなかった」とか。

そんな中に「オバケが出た」というクレームがあった。「お金を返せ」と言う。

Nさんは、その現場に調査に行ったのだ。

九州にある、某観光ホテル。

クレームの内容は「壁から髪の毛が生えてきて、それが畳に落ちる」というものだった。

ホテルの支配人に聞くと、

「そうなんだよ。壁から髪の毛が出てきて、畳にポロポロ落ちるんだよ」と、ちゃんと知っていた。今回のクレームが初めてではないようだ。

「原因はわかりますか？」

「わかるわけないよ」

確かめてみようと、Nさんと支配人でその部屋を一晩、見張ることにした。

夜中になると、なるほど、壁から数十本もの人の髪の毛のようなものがにょきにょき生えてきて、ポロポロと畳に落ちていく。

現象は、現実としてある。

仕事はこれからだ。

本社に電話で報告し、携帯で写真を撮って送った。

「DNA鑑定してみろ」という指示があった。

本社に髪の毛を持って帰り、DNA鑑定をさせた。

すると、三十代の女性のものだとわかった。

支配人と連絡を取る。

「三十代の女性に、心当たりはありませんか？」

すると、数年前、その部屋に泊まっていた女性が殺されたという事件があったという。

殺されたのはその部屋ではなかったが、宿帳で住所と名前はわかるはずだという。

「二人でお墓参りに行きましょう」

Nさんと支配人で、判明した女性の墓参りをしたところ、翌日からピタリと、そのような怪異はなくなったという。

助手席の女

漫才師のWさんは、二十歳のころ、奈良市の郊外に住んでいたという。二十年ほど前のことだ。

ある日、最終電車で帰った。

最寄りの駅で降りて、そのまままっすぐ、道路を一人とぼとぼ歩く。

田舎の新興住宅地。街灯はあまりなく、あたりは暗い。道の先はゆるやかな上り坂になっていて、登りきると、国道に当たる。

国道に出ると、闇の中に大きなダンプカーが停まっていた。運転手はいないようだ。

その横を通る。

国道はまっすぐに伸びているが、ここから下り坂となる。

その先に、車のヘッドライトがあって、こちらに近づいてくるのが見えた。

ライトは蛇行している。そして、Wさんの顔を照らし、横を走り去った。

乗用車で、八十キロは出ている。

その直後、背後で物凄《ものすご》い衝突音がした。

えっ、と振り返った。

中央分離帯の植え込みに、乗用車が乗り上げていた。

どうやら、停まっているダンプカーに接触し、その勢いで、中央に飛び出したようだ。

プシューという音と、エンジン音。車のヘッドライトは消えていて、やがてエンジン音も止まった。

「えらいもん、見てもた」

Wさんは、状況からみて、第一発見者。急いで乗用車に向かって走った。

薄暗い中、乗用車のフロントガラスは割れ、前方は半壊状態。バンパーの下あたりに動くものがある。人影だ。ずるずるとそれが、車から這《は》い出ようとしている。

と、とん、と、道路に足が着く。

「助けてくれ、助けてくれ」

その人影が、ぼそぼそとそんなことを言っている。

男の声だ。

人影は立ち上がると、Wさんの前をふらふらと歩きながら、声をかけるWさんをまるで無視するように助手席に向かっている。

「悪かったな、悪かったな、俺が悪かった。俺が悪かったんや」

「大丈夫ですか」

Wさんはまた声をかけたが、男は、割れている助手席側の窓を覗《のぞ》き込んで、

「悪かったな、悪かったな」と、謝っている。助手席に誰かいるようだ。

Wさんは、その背後に付いて、背中越しに、

「誰かいはるんですか？」と、声をかけるが、やはり無視される。

男はぶつぶつと謝っている。

「悪かったな、酒飲むな言われていたのに、飲んでもた。俺が悪かったんや。すまんな。誰か助けてくれへんかな。誰か助けてくれへんかな……」

薄暗い助手席に向かって、そう言っている。

ふと、Wさんは、助手席に人影があることに気づいた。こっちをじっと見ているのがわかった。なおも男は、その人影に向かって声をかけている。

「大丈夫か、大丈夫か。お前、俺に酒飲むな言うてたのにな。こんなことになってしもうて。すまんな、ほんますまんな」

すると、助手席から中年の女の声がした。

「私、大丈夫だから、お父さん。心配せんでもええのよ。せっかくいいお酒を飲んで、仲直りしたんやないの。私は大丈夫だから」

Wさんは、ちょっと胸を撫《な》でおろした。

助手席の人も大丈夫やったんや。

「あっ、救急車！」

携帯電話が一般的ではない時代のことだ。公衆電話、どこにあったっけ、と思って探しかけると、衝突音を聞いた近所の人たちが、パジャマ姿で現場に集まってきた。

「どないしたんや」

「あ、すいません。救急車呼んでもらえますか」とWさんが言うと、「もう、手配したわ」と言われた。

しばらくして救急車が、そしてパトカーもやって来た。

運転をしていたのは、初老の男。植え込みに座らされ、警察の尋問を受けている。

Wさんは、不安になる。

「助手席の女の人、はよ、助けてあげんと。救急隊の人ら、何してるんやろ」

救急隊員の動きに、その様子がないのだ。

やがて、通行止めになり、暗い中、懐中電灯の光が飛び交っている。人だかりも増えてきている。

「すみませーん。第一発見者の方、まだ、いてはりますか？」

警察官に声をかけられ、Wさんは手を挙げた。

「こっちへ来てください」と、誘導される。

「運転していたのは、この人ですか？」

懐中電灯に照らされ、初老の男の顔がはっきり見えた。その顔は血だらけだ。

「そうです。でもお巡りさん。助手席の人、はよ助けてあげないと、助かりませんよ」と言ってみた。すると、警察官の顔が、怪訝《けげん》な表情になったのがわかった。

「だから、早く助けてあげないと。さっきまでは助手席の人、お父さん、私大丈夫や、なんて言ってましたけど」

するとと警察官は、「あなた、あの運転手さんと知り合い？」と聞いてくる。

「いえ、知らない人ですけど」

「あなた、あの運転手と同じこと言ってるね。ロウラ、合わせてるんじゃない？」

「なんのことです。とにかく助手席の人を早く運び出さないと」

「あの人もそんなこと言ってるんだよ。おかしいんだよ」

「何がおかしいんです？」

「ちょっと、こっち来てください」

事故を起こした乗用車の近くまで連れてこられた。

「これ、見てください」

警察官がその車を、懐中電灯で照らそうとした瞬間、ふっと光が消えた。

「あれ、おーい、もう一本、懐中電灯ないか」と、警察官が叫ぶ。

もう一人の警察官がやってきて、懐中電灯が渡される。

「助手席だけどね……」

照らそうとしたら、また、懐中電灯が消えた。

「あれ、まただよ。おうい、懐中電灯」

Wさんは、薄暗い中、助手席のあたりを見てみる。車の前方はやはり半壊状態。その中に人影は確かにある。

そこに、応援のパトカーがやって来た。

そのヘッドライトが事故車のフロントガラスにあたって、助手席の中を照らし出した。

血だらけの中年女性がいた。

「ほらあ、早くあの人、助けてあげないと……」

言いかけて、はっとした。

女の頭半分が、吹っ飛んでいる。

警察官は言う。

「こういう状態の人が、お父さん、大丈夫だからって、言えますか？」

「いえ、ほんまに、そう言ってた。僕、はっきり聞きました」

「あの人も、同じこと言ってんだよね。おかしいんだよ」

その後は簡単に調書を取られたが、すぐに帰らされた。
翌日の新聞には、助手席の女性は即死、と報道されていた。

今だ！

R子さんが、夫と二人、プラットホームで電車を待っていた。
やがて、電車が入ってくる。
すると、背後から「3、2、1、今だ！」という声が聞こえた。
その瞬間、電車の動きがスローモーションのようになり、そこに飛び込みたくなった。
「死にたくない！」
そう心の中でつぶやくと、普通に停車しようとする電車があった。
「ねえ、今の聞いた？」
「なにが？」と夫。
彼には聞こえなかったらしい。
（さっきのは、なんだったんだろう）と首をひねりながら電車に乗った。
そのまま都心に出ると、一時間ほど、買い物をした。
帰りの電車に乗るため駅に入ると、電車が運転を見合わせていると、アナウンスがあった。

人身事故があったらしい。

R子さんが、ツイッターで情報を調べようとしたら、友人のツイッターにそのことが書かれてあった。

「3、2、1、今だ！」と聞こえたあの駅のホームから、飛び込み自殺があったという。

斎場跡

広島県出身のMさん。

心霊スポット巡りが趣味なのだそうだ。

あちこちといろいろ回ったが、怖い経験をしたことがない。だからいつも、夕涼みに出かけようか、といったノリだったという。

ある秋の日、友人数人とまた心霊スポットへと出かけた。

初めて行く場所で、廃墟《はいきょ》となってもう三十年はたつ斎場である。

町から離れた山の中にある斎場に、真夜中に入り込む。

こういったスポットは、たいてい、車を降りてからそうとうに歩くという場所が多いが、ここは斎場だった場所だけに、ちゃんと舗装された道路があり、駐車場もある。

ただ、明かりがないだけだ。

車を降りると、すぐ目の前が目的地。

懐中電灯を手に、施設へと入る。

無人のコンクリートの廃墟は、斎場だった、という意識があるためか、いつもよりゾクゾクとする雰囲気が漂い、鳥肌が立った。

いつにない恐怖感が湧き上がる。しかし、何があるわけでもなく、物音ひとつしない。その静寂が、また恐怖を誘う。

施設を一回りしたが、別に何も起こらない。

「何もないな」

「あそこに入ってみようか」

施設に併設されたレンガ造りの建物。大きな煙突がそこから伸びている。

火葬場だ。

中に入ると、炉前ホール。

コンクリートの壁に、ハンドルの付いた鉄製の扉が三つ。明らかに火葬炉だとわかる。

「あれ、開けてみないか」

誰かが言った。

「俺が開けるわ」

Mさんが、名乗り出た。大勢の人が焼かれた炉。

中を見てみたいという好奇心と、罰当たりではないのかというちょっとした罪悪感。

そして、どうせ何も起こらないだろう、という複雑な気持ちが入り混じる。

錆《さ》びた鉄製のハンドルに手を伸ばして摑《つか》んだ。

ぐっと力を入れてそれを回そうとした瞬間、ふあっと風が吹いて、周囲の森の木々がざわめいた。風は、ここにも吹き込んだ。

「えっ、なに？」

思わずハンドルから手を離すと、もう風は止み、静寂な闇に戻った。

「今、風が来たよな」

「風くらいで、ビビんなよ」

「ビビッてないわ」

「じゃ、はよ、開けんか」

「よっしゃ」とばかり、Mさんは再びハンドルに手をかけた。ぐっと力を入れて回そうとした。

また、風が吹き込み、森がざわめく。

「また風？」

もう、静寂に戻っている。

「おい、またビビッてるんか。怪奇体験、したいんと違うんか」

友人たちは焚《た》きつけるが、さすがにMさんは、これ、開けていいのか、と不安に襲われた。

「おい、怖いんやったら、わしが代わってやろうか」

「いや、俺が開ける。ビビッてなんかないわ」

Mさんはまた、ハンドルを掴むと、今度は力いっぱい回した。

また、風が吹き込み、森の木々がざわざわと音をたてる。

気にせずにそのまま回すと、ガチャーンと音がして、炉が開いた。

中から熱風が噴出した。

「わっ！」

思わずみんな、のけぞった。

そのとたん、ゴゴゴゴッと山全体が揺らいだ。

足元がグラグラ揺れる。震度、三か四の体感を覚えた。

「じ、地震？」

すると、うぉぉぉぉーと、森が叫ぶような声が響いた。

「うわあ」

Mさんたちは、思わず叫び、揺れから逃れようと反射的に握っていたハンドルを突き放すと、バンと炉が閉じられた。

同時に、揺れも風もピタリと止み、森の木々も沈黙した。

しばし、茫然《ぼうぜん》。

「ひゃあああ」

誰かがその沈黙を破って奇声を発すると、それを合図にしたかのように、全員で火葬場から飛び出し、駐車場に向かって走りだした。

どうやって家に辿《たど》り着いたのか、まったく覚えていないという。

私、どんな感じ？

タレントの北野誠《きたのまこと》さんとは、毎年のように怪談ライブを行っているが、これははじめたころのこと。楽屋で誠さんが、

「今日、昼間ロケやってて、怪談がないかスタッフや共演者に聞いて回ったんやけど、なかなかないなあ。けど、一つ、怪談ではないかもしれんけど、こんな話を聞いた」

と言う。

スタッフの一人が、友人の体験談として話してくれたものだそうだ。

友人のHさんが、彼女と二人、ツーリングに出かけた。

ある山道を走っていると、Hさんは前方に妙なものを認識した。

ひしゃげた道路標識。

支柱がストローのように前方に折れ曲がり、その先に取り付けてある標識の部分が道路に対して平行に倒れ、道路にせり出している。それが、猛スピードで近づいてくる。

「危ない！」

瞬時に身をかがめ、標識の下を通過した。

その直後、背後で鈍い音がした。

「あっ」と振り返った。

無人のバイクが直進している。

悪い予感がして、Hさんは引き返した。

道端に倒れている彼女がいる。

バイクを降りて走り寄る。予感が当たった。

首がない。

と、「ねえ」という声がした。

声のした方を見ると、路肩に彼女の生首が直立していた。

その目がHさんを見ている。こう言った。

「私、どんな感じ？」

そして、こと切れた。

この話が怪談になるのかどうか、微妙なところだが、同じような話が重なると怪談となる。

徳島県出身の芸人さんがいる。

彼は若いころ、暴走族に憧《あこが》れていたという。

先輩に総長と呼ばれている人がいた。彼は地元の若者たちの憧れの的だった。

総長が走る、という情報が回ってくると、若者たちはあちこちから、国道わきに集まってくる。そして、彼が率いる一団が現れると、たちまちお祭り騒ぎになる。

総長たちは、その前を意気揚々と暴走するのだ。

ある夜も、総長たちが走るという情報が回ってきた。

ところが、警察もその情報を知っていて、国道を塞《ふさ》ぐように、数台のパトカーが待ち伏せをしていた。

ウァン、ウァンとエンジン音をたてながら、対峙《たいじ》する総長たち。

たちまち、映画さながらの追跡劇が展開された。

総長は、パトカーを振り切ろうと、路肩に入った。

バイクが横転しかけるのを、何とか体勢を整えて、逃げ切ろうとする。

と、あるところを不自然な体勢で、通過した。

地上から斜めに突き出している、黄色いカバーがされた、電柱の支柱ワイヤーだ。

「わあー、総長、凄《すご》いぜー」

若者たちは、声援を送る。だが、バイクはそこで横転し、そのままバイクだけがスライディングをしながら、遠ざかっていく。

総長はと見ると、バイクから振り落とされ、ごろごろと路肩を転がっている。

「取り押さえろ！」

警官たちが、それを追う。

「先輩、大丈夫か？」

若者たちが心配しかけると、総長はスックと立ち上がり、

「俺は大丈夫や！　お前ら、見とけよ。ポリ公に捕まったところで、俺らはすぐに戻ってくるからなあ！」

そう叫んで、ガッツポーズをする。

「総長、最高やあ！」

みんながそのポーズに応《こた》えた。

だが、総長はそのまま、前にばったりと倒れた。

支柱ワイヤーに接触したとき、額から上をスッパリ切断されていたのだった。

花束

Kさんが、高校時代にお世話になった数学の先生から聞かされた話である。

その先生が、以前赴任していたのは、漁師町の海辺の学校であったという。

毎年、夏休みの前になると、全校生徒に注意が喚起される。

あちこちに、泳いだり、飛び込んだりできるスポットがあるが、危険な場所もあるので、なるべく学校のプールで泳ぐようにと指導するのだ。

特に、他県から来るサーファーや海水浴客が飛び込む有名なスポットがある。ネットなどでその断崖《だんがい》のことが拡散されているが、ここには絶対に近づかないようにと、特にきつく指導する。

ところが、夏休みの第一日目に、その断崖からひとりの生徒が飛び込んで、そのまま浮かび上がってこない、という事件が起こった。

数人でそこから飛び込む遊びをしていたが「そういや、あいつ、いないぞ」と、気づいたのだという。

知らせを受けて、漁師たちが現場に集まって来た。

「潮流からして、あそこに浮かび上がるはずや」と、船を出して捜索する。

しかし、上がらない。

「おかしいなあ。上がるはずやけどなあ」

と漁師たちは首をひねる。

そこには、見つからない生徒の両親の姿がなかった。

「うちの息子はアホや。あんだけ行くなと言われていたのに、こんな騒ぎを起こしおって。皆さんにもご迷惑おかけして。申し訳なくて、世間様に顔向けができん」と言うのだ。

「でも、息子さんは亡くなったと決まったわけでもないですし」と、近所の人は、現場に行くように説得する。

「たとえ亡くなったにしても、息子さんは、お父さん、お母さんに見つけてもらいたいんじゃないですか」

「そうですよ。このままじゃ、息子さんはかわいそうですよ」

そんな声に後押しされて、母親が重い腰を上げた。

「みなさんが、そこまで言われるのでしたら」

そして、崖《がけ》に上った。

そして母親が、断崖から、海へ花束を投げ落とした。

「お前、成仏しろよ……」

するると、海に浮かんだ花束の隣に、男の子の死体が浮かび上がったのである。

高野山の犬

Hさんは、よく奥さんを連れて、高野山《こうやさん》へ行くという。

それにはきっかけがあった。

随分と前のこと。新婚の奥さんと小旅行を楽しんだ。

和歌山県の勝浦《かつうら》温泉に行き、その帰りのことだ。

高野山の近くを車で通った。

それはもう夜遅い時間で、民家もない真っ暗な山道。途中、ヘッドライトは何頭もの鹿を照らしだした。すると、今度は道の真ん中にいる真っ白い犬を照らした。思わず、ブレーキを踏んで、停車した。

柴犬《しばいぬ》のようだが、秋田犬のように大きい。真っ白な毛並みはまったく汚れもなく、立派で、凜々《りり》しくも思える。飼い犬かなと見たが、首輪はない。

車を降り、ひざを落として犬を呼んでみた。

すると犬は走ってHさんの腕の中に飛び込んだ。頭を撫《な》でてやると、尾を大きく振ってなついてくる。しかし、いつまでもそんなこともしていられない。

「じゃ、またな」

そう犬に言うと、Hさんは車に乗り込んだ。そして、車を走らせようとすると、さっきの犬が追いかけてくる。スピードを上げると、懸命にそれを追う犬の姿が、サイドミラーに映りこむ。

「おい、あの犬、付いてくるぞ」

「ほんとね。なんだか愛《いと》おしいわね」と奥さんも目を細める。

車を停め、降りると、犬がHさんの腕に飛び込んでくる。

しばらく頭を撫でてやって、別れを言うと、車に乗って、その場を離れようとするが、また、犬は後を追ってくる。

こんなことが、四回続いた。

そうなると、情が湧く。

「おい、今度追っかけてきたら、あの犬、連れて帰るぞ」

「そうやね。家で飼ってもいいわね。いい犬みたいだし」

奥さんも賛成した。

車を出すと、やはり犬が追いかけてくる。

車を停めて、また頭を撫でてやる。そして、その首もとを持って車に入れようとした。すると、犬は前足を掛けて、懸命に踏ん張って、入ることを拒否するのだ。

「なんやお前。一緒に来えへんのか」

あきらめて、そのまま犬を置いて、車を走らせる。

だが犬はまた、付いてくるのだ。

「あれ、なんだよ、やっぱり来たいのか」

車を停めて、車に乗せようとしたら、また、踏ん張って拒否をする。

「どうしたいんや」

これも、四回、同じことになった。

四回目には、写真に撮った。正面から二枚。

すると犬は、くるりと尾を向けて、とぼとぼと闇の中に消えていった。

「いなくなった……」

車に戻って、シートベルトを着けていると、ふと、前方、二、三十メートルほど先に、ちょこんと座って、こっちを見ているあの犬がいる。

「なんやろな、あの犬」

そのまま車を出した。犬はじっとこっちを見ていたが、また、闇の中に消えた。

二十分ほどのロスをした。

そのまま、車を四十分ほど走らせると、パトカーが停まっていて、その先が通行止めになっていた。

「どうしたんですか」

警官に声をかけてみた。

「落石があったんです」と言う。

見ると、道路の真ん中に大きな石がある。

「通報があって、今、通行止めにしたところです。一旦《いったん》戻って、迂回《うかい》してください」

と言われた。

あっ、と思った。

あの犬に止められなかったら、ひょっとしたら、あの落石の下敷きになっていたかもしれない。これは、偶然やろか。

遠回りして、京都へ帰った。

数日して、旅先で撮った写真が出来上がって来た。

見ると、二枚撮った写真の一枚には犬が写っていたが、続けて撮った同じアングルの写真に、犬は写っていなかったのだ。

「不思議なことが、あるもんや」

以後、Hさんは高野山に興味を持ち、いろいろ文献を読み漁《あさ》るようになった。実家が真言宗《しんごんしゅう》ということもある。

すると、弘法《こうぼう》大師が高野山を開山するにあたって、白黒二匹の犬を連れた狩人《かりゅうど》に出会ったことから導かれた、という伝説があることを知った。その犬は、今も高野山にお祀《まつ》りしてあるという。そして、弘法大師の御廟《ごびょう》のある奥の院の参道の途中に、H家の先祖代々伝わる供養塔があることも知った。

それからは、年に一度は、奥さんと高野山に入ることを習慣にしているのだそうだ。

深夜の高野山

同じHさんの話である。

Hさんと奥さんが高野山へ入った、最初の年のことだそうだ。

奥さんは、夜の山道を怖がって、行きたくない、というのを、

「お大師さんがいらっしゃるんや。幽霊が出たところで、それは怖いもんやないよ」

そう言って、半ば無理やり連れだしたのだ。

夜中の奥の院へ入る。その入口にある一の橋を渡ると、左側に古い墓石が並んでいる。

そこから、弘法大師がおられる御廟まで、約二キロの参道。

そこを懐中電灯を持たずに、登っていくのだ。

奥さんが、Hさんに耳打ちする。

「ねえ、パパ、あれ見てよ」

「どれ」

「あそこ。お墓のところ」

指さされたあたりをよく見ると、漆黒の闇の中、そんなものが見えるはずもないのに、見えるのだ。古い墓石群の中に――。

時代劇で見る、町娘のようだ。

横顔を見せていて、背の低い女が立っている。着物の柄もはっきりわかる。

「見える？」

「うん、町娘」

「だよね……」

怖い、という感覚はない。やっぱりいるのか、という気持ち。

すると、町娘は、闇の中にかき消えた。

やがて、死の河にかかる、中の橋にさしかかる。

左に曲がると参道が広くなる。坂道となる。

「パパ、あそこにも」

漆黒の坂道に、また誰かがいた。坂道を下りてくる。

足音も聞こえる。明治時代の貴族のようだ。

真っ白いドレスに白い傘をさした貴婦人。その手は、五、六歳の男の子の手を取っている。貴婦人は、ふっとこちらに気づいたようで、ぴたりとそこで足を止めた。そして、その場にしゃがみ込むと、子供に向かってしきりに何かを言っている。子供は、

Hさん夫婦をじっと見たまま、うんうんとうなずいている。

街灯も何もない、漆黒の闇の中、なぜあんなものがはっきりと見えるのか、不思議でしょうがない。

「パパ」

また奥さんに袖《そで》を引っ張られた。

墓石という墓石の背後から、ひょっこり、ひょっこり、と顔が出てはひっこんでいる。

顔は、こちらを見ているように思える。

御先祖の供養塔があるという寺を見つけた。すぐに供養塔はわかった。何かに導かれている、そう思った。

この供養塔は鎌倉時代から続く、名門の武家のものだという。Hさんは、その血統にあるわけだ。

供養塔の両側にも墓石が並ぶ。家臣たちの墓らしい。

Hさん夫婦は、ろうそくの灯も点《つ》けず、闇の中でお経をあげた。

すると、いつの間にか、隣に大きな笠《かさ》をかぶった僧侶《そうりょ》が立っていた。

家臣の墓の背後からも、ひょっこり、ひょっこりと、顔を覗《のぞ》かせるものが大勢いる。

「あの人ら、こっちに入って来られないようね」

と、奥さんは言う。

「わかるん？」

「うん、きっと家臣の霊は、主君がいる供養塔には近寄られへんのよ」

それからは、奥さんはそういうものが日常的に見えるようになった。

そして、毎年、供養塔にお経をあげに、深夜の高野山へ入るのだそうだ。

あまねく

M子さんの高校時代の友人が、出産をしたというので、見舞いに行った。

出産経験のないM子さんは、「どお？」と聞いた。

「かわいいというよりは、実感湧かないって感じかな」

「そうじゃなくって、お産の痛みよ」

すると、病室にいた友人の姉が、「そうねえ、私の場合は、上唇をぐぐっと引っ張られて、頭の後ろまで持ち上げられたような痛みだったわねえ」と言う。

すると、「あっ、それで思い出したんだけど、姉さん、こんなこと言ってたじゃない」と友人が言いだした。

姉が出産した夜のこと。

なかなか寝られなくて、寝返りばかりうっていた。

もう、深夜で、同じ病室の母親たちもその隣にいる赤ちゃんも、みんなすやすやと寝ていて、物音ひとつしない。

そこに、一人の老人が入って来た。

白い長い髭《ひげ》に、白髪。その姿も雰囲気も、絵で見た仙人そのもの。杖《つえ》もついている。
そして老人は、病室の端のベッドから指をさしながら、
「わたる。めぐみ。ごう」などと口にしている。
(あっ、これは名前を付けている)と思った。同時に気になった。
(私の場合、何と言われるんだろう)
その老人が姉のところに来た。
指をさして「しゅう」と言った。そして隣のベッドへ行こうとする。
「どんな字?」と、声を出して聞いた。
すると老人は、ゆっくり振り向くと「あまねく」と言った。
「あまねく?」
そんな字は知らない。
家に帰ると辞書を引いた。
周、とあった。これをあまねくと読むとは知らなかった。
M子さんの友人の姉の長男は、周《しゅう》という。

お母さんに会いたい

Oさんの友人に、自称霊感女A子さんがいる。

自称、というところから怪しいのだが、Oさんは言う。

「でもね、その子は、人をだますとか目立ちたいとか、そんなタイプじゃなくって、しかも天然なのよ」

例えば、OさんとA子さんが会話をしたとする。

A子さんは、会話に出た同音異義語を、違う言葉と思い込んで、どんどんマイペースに話を進めていく。だからなかなか会話がかみあわないのだそうだ。

「そんな子が、幽霊を見るっていうのよ。どんな風に見えるのって聞くと、それは透けているとか、血まみれだとか、そんなじゃなくって、リアルな質感で生きている人とほとんど同じ状態で見える、というの。じゃあ、生きている人と、幽霊との違いはなに、って聞くと、それは話しかけるとわかるって。幽霊は、同じことを何度も繰り返すので、話しかけても、まるでとんちんかんなことになって、会話がなりたたないんですって。会話がなりたたない子が、会話がなりたたないから幽霊だっていうのは、これ、ほんとに幽霊と会話してるからなんじゃないかって、私は思うのよ」

よくはわからないが、そんなA子さんが、こんな体験をしたという。

ある日、Oさん、A子さんたち、男女数人で、特別展示場へ行った。

そこには、旧日本軍の武器や軍服、軍旗などや、国民服、それに戦時中の日用品や、写真などが展示してあった。

「戦争って、悲惨ね。怖いよね」

そんなことも語り合った。

その夜のことだという。

自宅で寝ていたA子さんは、突然目が覚めた。時計を見ると、二時。

(あれ、なんでこんな時間に目が覚めたんだろう)

すると、いきなり子供の泣き声がした。号泣している。

(なに?)

声のする方向を見た。

部屋の隅に、誰かいる。

枕もとの電気を点《つ》けると、汚れた帽子にボロボロに破れた国民服を着ている男の子が立っていた。両手を目に当てて、泣きじゃくっている。

「誰？」

思わずその子に声をかけた。すると、

「お母さんに会いたい。お母さんに会わせて」と言う。

（あっ、この子、幽霊だ）と、このとき思った。

「私にはなんにもしてあげられないよ」

そう言ってみたが、男の子は泣きじゃくりながら、

「お母さんに会いたい。お母さんに会わせて」と繰り返す。

「ムリムリ。あきらめて、どっかへ行きなさい」

だが、「お母さんに会いたい。会いたい、会いたいよぉ」と、号泣は止まない。

仕方がない。

A子さんは起きだすと、部屋を出て、階段を下りた。そして下の部屋で寝ていた母親を起こした。

「なに、どうしたの」

驚いている母親の手を引いて、また階段を上って、子供が泣いている部屋へと戻った。

「お母さんに会いたい。お母さんに会わせて」

まだ子供はいる。

「ほら、お母さん、連れてきたよ」

そう言って、A子さんの母親を見せた。すると、顔を上げた男の子は、しげしげと見つめ、

「それ、お母さんと違う！」

そういうと、かき消えたのだ。

ちなみに、A子さんの母親には、子供の声も聞こえず、姿も見えていなかったという。

パチンコ屋の駐車場

兵庫県で生まれ育ったA子さんが結婚して、千葉県に引っ越した。

夫は仕事柄、全国津々浦々に出張しているため、専業主婦のA子さんは、一人で過ごすことが多いという。当初は友達もできなくて、外へも出ない。出るとしたら、買い物をするときぐらいだ。

マンションを出ると、まっすぐに伸びた道路があり、そこを百メートルほど行くと、大型のスーパー・マーケットがある。買い物は、ほとんどそこで済ませる。

その途中に、大きなパチンコ屋があり、その前が駐車場になっている。

その車止めのブロックの上に、おばあさんが座っているときがある。

はじめは、近所の人かと思って、あまり気にも留めなかったが、あるとき気がついた。

そのおばあさんは、霧雨のときだけ、座っているのだ。

(雨が降っているけど、まぁ、傘はいいかな)と、思って出たときに、おばあさんはいるのだ。

ただ、それだけだった。

なにがあるわけでもない。

ある霧雨の日も、やはりいた。

注意して見てみると、なんだかぶつぶつ言っている。

「あかんで。あかんで。いったらあかんで。あかんで」

そんなことを、言っている。

（ボケてるのかなあ、あのおばあさん）

そう思った。

やがて、子供ができた。

そうなると、ママ友ができる。

一緒に買い物に行くようになった。

あるとき、そのママ友に、

「そういえば、あそこのパチンコ屋の前に、たまにおばあさん、座ってるよね」

と言ってみた。すると、

「おばあさん？　誰のこと？」

「ほら、あそこのパチンコ屋の駐車場のところ……」

「どんなおばあさん？」

よく見かけるので、特徴はわかっている。

顔立ち、服装、髪の毛などを詳しく言うと、

「それ、Hさんとこの、おばあさんよ」と言う。

「ボケてるみたいだけど」

「でも、そのおばあさんなら、何年も前に亡くなってるんだけど」

そのおばあさんは、例のパチンコ屋の駐車場で、車にはねられて亡くなったというのだ。

その後、パチンコ屋は廃業し、取り壊されてマンションになった。

A子さんの子供も、高校に通うようになった。

A子さんは、今もスーパーで買い物をするために、マンションの前を通る。

霧雨の日、そのマンションの玄関を覗《のぞ》いてみると、あのおばあさんが、エントランスに座っているという。

身の上話

残業で帰りが遅くなったSさん。

終電はもうない。かといって、タクシー代もない。

歩いて帰るしかなく、とぼとぼと深夜の国道を、一人歩いた。

途中で歩き疲れた。

ふと見ると、公園がある。

ふらふらとその中に入って、ベンチに腰を下ろした。

「あー、疲れた。あとどのくらい歩かなきゃならないんだ？」

そう思いながら、前を見ると、そこにも向かい合わせにベンチがあり、近いほうのベンチにおじいさんの後ろ姿が見える。向かいのベンチには、おばあさんが座っていて、おじいさんが、そのおばあさんに向かって、何かを懸命に話していることに気がついた。

（こんな時間に、老人が？）と、奇妙にも思ったが、身体は疲れていて、何もする気が起きない。ただただ、ぼーっと、そのおじいさんの話を、聞くともなく聞いていた。

どうやら、おじいさんは、身の上話をしているようだ。

どこで生まれて、どういう学校に通って、そこにはこんな先生がいて、こんなところにこんな遠足に出かけた。中学になると、こんな部活をして、こんな試合に出た。好きな女の子ができて、その子の名前は……。

「え、待てよ！」

ベンチにもたれかけていたSさんの上半身が、むっくり起き上がった。

「その話って、俺のことじゃん！」

絶対に間違いはない。

なんでこのじいさん、俺の身の上話をしているんだ？

おじいさんを見た。

こちらに背を向けて、懸命に話を続けている。そして、それを聞いているおばあさんは、おじいさん越しにSさんを見て、ニヤニヤと笑っている。

「わああっ」

怖くなって、Sさんは立ち上がり、そのまま公園を走って出たのである。

コンピュータ怪談

Fさんは、コンピュータをサポートする仕事に就いている。

パソコンではなく、交通管制とか航空管制に使われる、かなりハイレベルなコンピュータを扱っているという。

「これは、新しい怪談だと思うんだけど」と、言いながら話してくれた。

コンピュータというのは、イエスかノーかの二つの選択肢で成りたつ。

「わからない」ということは許されない世界。

さて、こういうコンピュータシステムは、絶対にダウンもフリーズもしない。あってはならないものなのだ。

「わかりやすく言うとな」と、Fさんは解説する。

メインのコンピュータをAとする。

このAは、いつもフル稼働している。これをサポートするコンピュータがある。

それが、B、C、D、E、F……と、いくつもある。

コンピュータAが、ダウンしたとする。

これは、人で言うと、死と同じ。もうまったく再起動しないし、機能も果たさない。するとすぐに、サポートしているコンピュータBが稼働し、まったく同じ仕事をする。

コンピュータBが死ぬと、コンピュータCが稼働する。

だから、システム自体は、けっしてダウンしない。

「野球で例えるなら」と、コンピュータ音痴の私に、聞かせてくれる。

コンピュータAは、たえず打席に立って、ボールを打っている状態。サブのコンピュータは、たえず素振りをしていて本番に備えている。いよいよ、コンピュータAが、打てなくなったら、コンピュータBが、さっと立ち上がって、打席に入る。そして、ボールを打つ。選手は引退しても、チームとしては存在している。そういうことであると。

ところで、Fさんによると、一度こんなことがあったという。

コンピュータAが、ダウンする直前、サブのコンピュータに一斉にメールを送ったのだそうだ。

「私はダウンする。後を頼む」

するとコンピュータBから、「OK」とメールが返信される。そして、コンピュータAは、ダウンする。人で言えば、死ぬのだ。

ある日、コンピュータBが稼働しているところに、コンピュータAからメールが来たことがあった。いわば、死者からの手紙だ。

そんなことはあり得ない。

コンピュータBは、たちまちパニックを起こし、そのパニックはC、D、E、F……、と次つぎに連鎖感染していき、大騒ぎになったことがあった。

コンピュータを開発した人間も、万が一、死んだコンピュータからメールが来た場合、どうすればよいのか、を想定したマニュアルを作成していない。

「まさに、怪談だよ」と、Fさん。

なんとかその場は、人間が収めて事故には至らなかったという。

「で、死んだコンピュータからは、どんなメールが来たんですか」と聞くと、こんな内容だったそうだ。

「I'm OK」

左側

Sさんという男性の話である。
去年の冬のことだそうだ。
寝ていて、はっと目が覚めた。
なんだか、とんでもなく、怖い夢を見た、という覚えがある。
しかし、どんな夢だったのかは、思い出せない。
ただ、全身、脂汗が出ていて、息も荒い。
(なんだったんだろ)
時計を見ると、朝の六時。
起きだすには、少し早い。
寝なおそうとしたが、部屋が異常に冷え込んでいて、こんどは震えが来た。
「さむっ」
同時に、トイレに行きたくなった。
仕方がなく、布団から出た。部屋を出て、トイレに行こうと廊下を歩く。

廊下も冷え込んでいる。
と、何か動くものがあった。
その動くものを追うように、左側を見た。
「なんだ?」
鏡がある。
そこに、寝ぼけた顔の自分が映っている。
背後に、ガリガリに痩《や》せた、背が異様に高い女がいる。
その顔が、ニヤニヤと笑っている。
「わっ、なんだ!」
振り返った。が、誰もいない。
さっき見た、怖い夢の原因は、あの女にあるのかもしれない。
そう思って、また鏡を見ようとした。
鏡などない。
そこには、世界地図が貼られていたのだ。
あごのしゃくれた女で、黒髪で、白い服を着ていたという。

友人

ある朝、Sさんは職場に向かって、車を走らせていた。

そこで、ふっと、あることが頭をよぎった。

「あ、あいつ死んで、ちょうど一ヵ月や」

幼いころから仲の良かった、Gさんのことを思い出したのだ。

すると、誰もいなかった助手席に、突然人が現れた。

Gさんだ。

「えっ！」

Sさんは、心臓が飛び出そうなほど驚いて、思わず声を出した。

「お前、死んだやん！」

すると、Gさんは、ニコリと笑って「まいど」と言った。

「まいど、やないわ。どういうことや」

「俺、確かに死んだわ。死んだらどうなるか、聞きたないか」

「ちょっと待て。俺、心の整理ついてないんやけど。死んだお前がなんでここにおるん？

お前は……幽霊なのか？」

運転をしながら、Sさんは助手席に話しかけた。

「幽霊……なのかなあ。あのな、死んだらな、暗闇を延々歩くことになる。時間の感覚は、まるでないわ。長い間歩いているような気もするけど、疲れというものが全然ない。するとな、その先に花畑が見えてきた。これは、生前イメージしてたものとまったく同じものやったな。足元がふわふわしてて、俺、成仏したんやなって、そう思いながらもなお、歩き続けるんや。そしたらな、今度は行く先に、白い点が見えてきた。それを目指してまた歩くんや。すると、どんどんとその点が大きくなって、その向こうが見えてきた。

下界や。ここから出たら、下界に行ける。それがわかると、懐かしくて、ちょっぴり未練のある下界や。

けど、出たらどうなるのかを思うと、やっぱり怖くて踏ん切りがつかん。

そしたら『あ、あいつ死んで、ちょうど一ヵ月や』という、お前の声が聞こえた。

それで、呼んでくれたんやと思って、穴の中に身体を入れると、ぽんと、ここに来られた。で、まあ、『まいど』と、なったわけや」

「それ、マジか……」

「聞きたいことないか」と、Gさんから質問してきた。

「聞きたいこと？」

「俺、死んでるやん。だから、いろいろ知ってるねん」

「いろいろ？」

「そやな。例えば、地球滅亡論とかあるやん。そんなんどう思う？」

「どう思う、て。そんなん真剣に考えたことないわ」

「そうか。俺、知ってんねん。死ぬといろいろわかるで……。あ、そろそろ帰るけど、せっかくやから、一つだけ教えたるわ。人がたくさん死ぬ場所、てあるやろ。踏切とか交差点とか、自殺の名所や因縁のある土地とか。そういう場所に紛れ込んだ時、臭いで知らせてやるから。何か腐ったような悪臭がしたら、その時はすぐ逃げろ。それは、誘い込まれている時や。成仏できない霊は、寂しいから、縁もゆかりもない人を呼び込むんや。で、迷い込んできたら、わっと抱きつく。その瞬間、その人は死んでしまって、霊になって彷徨《さまよ》う。でも、徳のある人は成仏する。ひとりぼっちの霊は、また人を呼び寄せ、抱きつく。それを繰り返すんやな。死ぬ気がなくても、引き寄せられた人は死ぬ。死んだ人のことは、現世の人にはわからへん。ええか、臭いやぞ」

　ふっと、助手席のGさんは、かき消えた、という。

「今となっては、いろいろ聞いておきたかったなあ。あの時はとにかく、死んだ奴が隣にいるという現実を受け入れるのが精いっぱいやったから……」
ちなみに、まだ臭いには遭遇していないそうだ。

おフネさん

怪談好きのFさんがあるバーで飲みながら、馴染《なじ》みのマスターに「なんか、幽霊話ないかなあ」などと言っていると、「それなら、こちらのお客さんが、そういう話、お持ちですよ」と紹介してくれた。

中年の男性で、「ああ、おフネさんね」と言う。

「おフネさんて、なんですか？」

「昔、私が学生の頃、アルバイトをしていたコンビニに出た幽霊の名前なんですよ」

こんな話だった。

この男性、京都の大学に通っていたという。

その大学の近くに、大型チェーン店のコンビニがあった。同じサークルの先輩の紹介で、そこでアルバイトをすることになった。

経営者は老夫婦。

面接の時、いきなり「うち、幽霊出るけど、気にせんでええから」と言われた。

「えっ、幽霊なんているんですか？」

「ああ。でもまあ、実害があるわけでもないんで、ほっといたらええ」

幽霊なんて見たこともなければ、信じてもいなかった。

それが、初日から出たという。

最初に見たのが、バックヤード。

和服に白い割烹着《かっぽうぎ》姿の中年らしき人がいた。

「あれ……、誰だ？」と思ったら、スッとかき消えた。

いるんだ、と思った。

以後、この割烹着姿の人を、店内でよく見かけることになる。

雑誌を立ち読みしているお客の後ろをスッと通る。トイレのあたりから出てきて、いつの間にか消えている。レジの横に立って、お客におじぎをしていたかと思うと、もういない。

それをみんなが見ているわけでもないのだが、たまに、その人が通ると、さっと身をよけるお客がいたりする。

アルバイト仲間もそれを認識していて、いつの間にやらその幽霊に「おフネさん」という名がついた。

「さっき、おフネさん、そこいたよね」

「おフネさん、今日はまだ見ないねえ」

その割烹着姿が、『サザエさん』に出てくるおフネさんに似ているというのである。

おフネさんが、店内の、どこに、いつ現れるかに法則性はなかったが、その姿を見かけると、途端に店が繁盛しだすのだ。一方でそれがために、従業員が怪我をしたとか、うなされたとか、トラブルがあったとか、そんなことは一切ない。ただただ、客が増えるのだ。

だから老夫婦も「気にせんでええから」と、言っていたのだ。

「おフネさん、というからには、女の幽霊なんですか」とFさんが聞くと、その男性は「多分ね」という。

「多分？　どういうことですか」

「おフネさん、首から上がないんです」

おい！

Sさんという、今は医者をやっている人がいる。
大学三年生のとき、一人旅を楽しんだという。
沖縄の石垣島《いしがきじま》からさらに船に乗って、離れ小島に行った。
民宿に一泊し、自転車を借りて、島を一周する予定を組んでいたのだ。

自転車で島のあちこちを巡った。そして、日も暮れだした頃。
地図を見ていると、近くに山へ登る道があることを知った。
なんだか、高いところに登ってみたくなり、その道をとった。
だが、どんどん登っていくと、日も落ち、自転車の灯だけが頼りとなった。
心細くなってきたが、頂上あたりまで来たようで、その先は下り坂となった。
そのまま、ブレーキで調節しながら、下り坂を猛スピードで走る。
スピードはどんどん増し、勢いもついてきた。
切る風が気持ちいい。

すると、「おい！」という男の声が、頭の真上から聞こえた。

びっくりして急ブレーキをかけた。自転車が停まり、あたりを見回すが、誰もいない。

と、前を見ると、自転車の灯が道に落ちていない。

よく見ると、崖《がけ》だった。

その三十センチほど手前で、自転車は停まっていたのだ。

崖が、どのくらいの高さなのかは、暗くてよくわからない。

そのとたん、ゾッとした。

そして元来た道に自転車を向けると、一直線に宿に帰った。

翌日、その場所に行ってみると、切り立った崖で、その底までは、ゆうに三十メートルはある。柵《さく》もなく、この道がそもそもなんのためにあるのかわからなかった。

「あの『おい！』という声がなかったら、私はここにいなかったでしょう」と、Sさんは言った。

ネット検索

福井県に住むNさん。

仕事のため、よく車で国道一五八号線を走るのだそうだ。

O市に向かうために通らなければならない山道。

その途中、スノーシェルターがある。

このあたりは、冬は豪雪地帯となる。その雪害から道を保護するためのトンネルのような囲いのことである。

そのスノーシェルターに入ると、すぐにS字のカーブとなる。

そのカーブを曲がりきった道の脇に、白い着物を着た女が立っているのをいつも見るのだという。びっくりしながらも、初めのうちは、人だと思っていた。しかし、毎回、同じところに、同じ格好で立っているので、それは幽霊だと確信するようになった。

何か、いわくがある場所なのだろうかと、ネットで検索をかけてみた。

すると、まず、例のスノーシェルターが出てきた。

それをグーグルのストリートビューに表示してみた。

スノーシェルターの入口から、とんとんと、マウスを操作しながら中に入っていく。

S字のカーブが再現されている。ここを曲がりきると……。

いた！

はっきりとそこに、いつも見る、白い着物の女が立っていたのだ。

ただ、色はないモノクロの女で、明らかに異質なものだと悟った。

これはもう、霊感があるとかないとか、そんなことではない。それはそこに、存在しているものなのだ。

Nさんは、ある人にそれを見てもらった。

ストリートビューで、スノーシェルターの中に入る。

「ほら。これ」

「わっ、ほんまや。目、空洞やし」

それを聞いて、鳥肌がたったという。

なおも、その人は言う。

「で、女の側にいるのは、男の子やな」

「えっ、男の子？」

よく見ると、確かに女の着物の袂《たもと》のところに、小学校の低学年と思《おぼ》しき男の子がいる。

それからもNさんは、仕事でそのスノーシェルターを通るが、そのたびに女を見て、それまで意識しなかった男の子も目にするようになったのだ。

「今も写っていますよ」

そう言って、Nさんは、筆者の事務所に、その場所と検索の仕方をメールで送ってきてくれた。

検索すると、確かに、ボヤッとしたモノクロの女と子供が、シェルターの壁際に立っている様子が、そこにあった。

進級できた

Hさんの高校一年生の頃の話だというから、もう三十年前の話である。

Hさんは、大阪の出身なのだが、家庭の事情で福岡県の高校に通い、寮生活をしていたという。

親元を離れた生活。

元来怠け癖があるのと、どうしても新しい土地に馴染《なじ》めないという気持ちがあって、学校も休みがちになっていく。そのうち、学校へ行かず、昼まで寮で寝ているということが珍しくなくなっていた。

寮は四人部屋だった。

同じ学年の他の三人は、朝、定時に起きると、さっさと支度をして学校へ行く。

ある日もHさんは、「俺、頭痛いから休むわ。そう言っといて」と、支度をしている同室の仲間たちに言う。

「お前、またかよ」

呆《あき》れながらも、三人は学校へと出かけて行った。

がらん、とした寮。物音ひとつしない。それはそうだ。

この寮に居残っているのは、おそらくHさん一人。

二度寝を楽しむ。

と、廊下に人の気配を感じて目が覚めた。

たまに、体育の授業の着替えのためや、一休みしに部屋に戻る寮生もいる。

（そいつらだろ）

なおも、ごろりと横になったまま、寝ようとした。

すると、廊下へと続く部屋のドアノブが、ガチャガチャと音をたてだした。

無視していると、誰かが部屋に入ってきた。そして、いきなり両足を持たれてユサユサと身体を揺さぶられた。声が聞こえた。

「おい、起きろや。ええかげんガッコ行けや」

「えっ！」と飛び起きた。

部屋には誰もいないし、ドアは閉まったままだ。

そしてこの時、気がついた。

「さっきの、関西弁や」

この学校では、関西弁を使っているのはHさんだけ。関西弁を使う知り合いは、ここにはいない。ただ、聞き覚えのある声だった。

思い出した。

大阪で、中学生になるまで仲の良かったT君という友人。ただ、彼は中学二年生の時に転校して、以来会ってもいないし、連絡もしていない。

（でも、あの声はTのヤツに違いない。なんで俺を起こしに来やがったんだ？）

そんなことを考えていると、なんだかここに一人でいるのが怖くなった。

時計を見てみると、今から学校へ行くと五時限目の授業は受けられる。気は進まなかったが、学校へ行き、五時限目と六時限目の授業を受けた。

寮に戻って、夕食を食べていると、「H君、電話が入っているよ」と呼ばれた。

当時の、寮に設置してある呼び出し電話の受話器を取った。

「Hか」

懐かしい大阪の友人のN君の声だ。

「おお、どうしてる」

「お前、Tって知ってるよな」

「おう、知ってる」

「ヤツ、死んだわ」

「えっ、いつ？」

「今日」

「今日？」

聞くと、T君は暴走族に入っていたらしく、バイクを飛ばしての交通事故。即死だったらしい。

「ちょっと待て。なんでお前、そんなこと知ってるんや」

T君とN君は、確かにクラスメートになったことはあるが、それほど親しいとは思えなかったし、転校してから連絡もとっていないはずだ。

「それがな……」と、N君は言う。

さっき、風呂《ふろ》に入っていた。すると、突然、T君のことが頭をよぎってなぜか連絡してみたくなったというのだ。それで、T君の連絡先を知っていると言っていた先輩のことを思い出し、彼から電話番号を教えてもらって、実家に電話をしてみた、という。

すると、T君の母親が出て「今、息子が亡くなったと連絡がありました」と聞いたところだったというのだ。

「それで驚いて、お前に知らせようとすぐに電話したんや」

「ああ、Tのヤツ、だから俺に会いに来てくれたのか」

しかし、そんなことは単なる偶然かもしれない。人は、なんだかんだと、勝手に事象を結び付け、因縁だの運命だのと言うんだ。そうHさんは思った。

翌年、二年生に進級したHさんは、廊下で担任の先生に呼び止められた。一年生の時の担任と同じ先生。

「おい、H。お前運がいいな」

「は、どういうことです？」

「お前、三月に遅れて五時限目、六時限目の授業受けたことがあっただろ。あれ受けてなかったら、単位不足でお前、進級できなかったんだからな」と言われたのだ。

おい、飲もうや

E子さんが、夫と幼い子供を連れて、京都の観光を楽しみ、その夜は、京都郊外にある老舗《しにせ》旅館に泊まった。

夏のことで、部屋は本館から一旦《いったん》外に出て、石段を上った離れ屋だった。

お風呂に入ったが、なんだかお湯が温かくない。湯に浸《つ》かっているのにゾクゾクするのだ。また、風呂場全体の雰囲気が暗い。電気が暗い、という物理的なことではない。そう感じるのだ。

部屋に戻ると、食事が運ばれていた。

アユ料理が名物というだけあって、料理は美味《おい》しかった。

その深夜のこと。

ドンドンドン、と外の扉をノックする音がする。

「なんだろ」

夫が起き上がって、いぶかしがる。

すると、「おい、飲もうや」という男の声がした。

「は？　誰だ」

そんな知り合いはいない。酔って間違っているのか？

すると、また、ドンドンドンとノックされる。

「おい、飲もうや」

まだ言っている。

地元の人なのか？　そうだとしても声をかけられ、一緒に飲むような筋合いはない。

「誰だ、こんな時間に。非常識な」

そう言って、夫は電気を点《つ》けると玄関まで行って、扉をガラリと開けた。

「あれ、誰もおらんぞ」

「じゃ、きっと酔っ払いが間違ってノックして、どっか行ったんだよ」と、E子さんは夫に言った。

「でもなあ、ここ、この建物しかないし、すぐ扉を開けたから、その後ろ姿くらい見えるはずなんだけどなあ」

「もういいから、寝るよ」

また、電気を消すと、寝床についた。

ドンドンドン。またノックの音がする。

「おい、飲もうや」

また来た。

ところが今度は様子が違う。

なんだか外が騒がしいのだ。なんとはなしに、学生がたくさんいる、とE子さんは思い、夫もそう感じたようで「学生か？」と言って、また扉を開けに行った。

やっぱり誰もいない。

そんなことが一晩中繰り返された。

「なんか、とんだ目にあったね」

朝、夫は本館のフロントでお金を払いながら「昨夜、こんなことがあって、寝られなかったよ。きっと誰かの悪戯《いたずら》なんだと思うけど」と言った。

すると、旅館の主人は「あ、そんなことがありましたか」と言う。

「実は、うちは昔は、三高と言いましてね、旧制高校の学生さんがよく泊まっていた旅館なんですよ。お客様をお泊めした離れは、その学生さんたちの溜《た》まり場だったんです。しばらく出なかったんですけど、そうですか。出ましたか」

E子さんは、この話を私にしながら「別に怖くはなかったんですけどね。ほんと、こっちは迷惑しましたよ」と笑っていた。

二つの墓石

「私の家って、けっこう裕福なのよ」と、S子さんは言う。

滋賀県にある、O家の本家。

親戚《しんせき》が多く、代々の祖先を祀《まつ》る立派な墓もある。

毎年、お盆になると、S子さんも帰省して、一族揃って墓参りをするのだという。

ただ、いつも気になることがあった。

同じ墓の敷地でも、少し離れたところに一つだけ、ポツンと、斜めに傾いた墓石がある。

これは、子供のころからあり、年々その傾き具合もひどくなっていき、今はもう、倒れかかっているといってもいい。

父や母に、「なんであれだけ傾いているの」と聞いてみたことがあるが「昔からそうなんや」と言うばかりで、なにもわからない。

ある年、手狭になったので、墓地そのものを拡張することになった。

まず、一族の、代々の墓石を、一つ一つ、丁寧に移し替える作業を行った。

菩提寺《ぼだいじ》の住職と、先代の住職がやってきて、お経をあげてくれている。

次々と、墓石を移し替えていると、先代の住職が「この、あなたのおじさんにあたる、このお墓だけは、このままにしておきたいんですが」と、S子さんの父親に進言した。

それは、あの倒れかけているお墓のことのようだ。

「なぜですか？」

父親が、そう問うと、

「ほら、このように隣の墓地にある墓石と、支えあっているじゃないですか」

よく見ると、この倒れかかっている墓石は、傾いた先が植木越しにある隣の墓地へ入っていて、その隣の墓地にある墓石も、斜めに傾きながらこちらへとせり出している。

いや、この二つの墓石は、ピタリと寄り添っているのだ。

「このこと、ひいおばあさんから、お聞きになっていないですか？」

そう言って、先代の住職はこんな話をしたという。

「あなた（S子さんの父）のおじにあたるこの方は、戦時中、兵隊にとられて、大陸で亡くなった方です。実はこの方、ある女性と恋仲になったんですが、結局、周りの反対があって結ばれませんでした。でも、それではこの女性があまりにも不憫《ふびん》だということで、先々代の当主のお許しをいただいて、お墓をすぐ隣の敷地に、特別に作らせて、敷地を隔てて二つの墓が並んで立つようになっていたのです。ところが年々、この二つの墓は傾きだして、だんだん寄り添うようになっていったんです。今日、こうして見ると、二つの墓がピタリと合わさっているではありませんか。ですから、この女性の墓は一族のものではないからと言って、おじさんの墓だけ移動させるというのは、良くないと思います。この二人は好きあっているんですから、このままにしておけませんかな」

それを聞いて、S子さんのお父さんも納得し、この墓はそのままにしておくことになった。

住職は、この二つのお墓に向かって、お経をとなえた。

今も、二つの墓は、寄り添うようにそこにある。

ビデオ・メッセージ

Mさんは、若いころから映画が好きで、まだDVDもなかったころは、ビデオテープにレンタルビデオの映画をダビングしては、一人でゆっくりと鑑賞するのが、楽しみだったのだ。

一度だけ、こんな体験をしたという。

近未来を舞台にした、SFというよりはホラーに近い洋画を観ていたときのこと。

途中、寝落ちした。

はっと、目が覚めると、テレビは点けっ放しになっていて、もう真夜中だった。

「あ、映画、終わったのかな」

時間で言えば、とっくに終わっているはずなのだが、画面には何かが映っているのだ。

Mさんは言う。

「そこに映りこんでいたのは、最初、宇宙人のように見えました。でも、よく見ると死神にも見える。死神なんて見たことないけど、なんかそう思ってゾッとしました」

そんなものが、何も言わずに、黙ってこっちをじっと見ているのだ。

もっと恐ろしかったのは、その下に、二行にわたって出ていた青文字の字幕。

もちろん日本語で、一瞬でその意味は分かったが、ただ、その内容があまりに怖くて、とてもちゃんと読む勇気はなかった。

すぐにテレビを消したが、その後、四、五日は、その文字のメッセージがとても怖くて震えが止まらなかったという。

二週間ほどして、その映画をもう一度借りて観てみたが、そんなシーンはどこにもなかったそうだ。

銃剣

A子さんは学生の頃、ハワイにホームステイをしていたことがあるそうだ。

パイナップル加工工場の経営者宅だった。

その家に、かなり高齢な女性がいた。

経営者の母で、亡き夫は、日系人だったという。

その人は、太平洋《たいへいよう》戦争がはじまると、兵役を志願し、第四四二連隊戦闘団に所属した。

この戦闘団は、日系アメリカ人のみで編制され、差別と闘いながらもヨーロッパ戦線で大活躍し、アメリカ合衆国史上、もっとも勲章を受けた部隊である。

この女性の夫は、フランスのアルザスの山岳地で戦死したのだという。

その、年老いた女性から、A子さんが聞かされたという話だ。

数年前、老女の願いがついにかなって、フランスのアルザスの麓《ふもと》に滞在することになった。亡き夫を偲《しの》ぶために、その亡くなった地をこの目で見たいというものだった。

町から山へと向かう道。

後ろからバイクに乗った若者が近づいてきて、老女のバッグをひったくると、そのまま逃走した。

バッグの中には、所持金の全額、クレジットカード、パスポート、貴重品がすべて入っている。

あれがないと困る。

しかし、追いかけようにも、こっちは老人の足、向こうはバイク。

追いつけるはずがない。

ところが、五十メートルも行かないうちに、パァーンと大きな破裂音がしたかと思うと、あっという間にバイクは転倒し、バイクから投げ出された若者は、警察に捕まり、結局、バッグは無事に返ってきたのである。

問題は、バイクが転倒した原因である。

破裂音は、バイクのタイヤのパンクによるものだった。

その現場にいた人たちは、みんなわが目を疑ったという。

こんなものは、見たことがない。

舗装道路から、銃剣が一本、生えていたのだという。

突き出ているとか、埋まっている、ではない。見物人たちは一様に、「生えているとしか思えない」と口にしたのだそうだ。そして、バイクはこの銃剣によって、パンクさせられたのだと。

形状から見て、第二次世界大戦で使われた銃剣であるという。

老女は、警察に「この銃剣を撤去することになったら、ぜひ、私のところへ送ってください」と申し出たそうだ。その後銃剣が、その老女のもとに送られてきたのかどうかは知らない、とA子さんは言った。

旧家の夜

　ミュージシャンのAさんが、「これ言うと、みんな笑うんだけど」と話してくれた。

　彼は、兵庫県西宮市《にしのみや》の出身で、大学は京都に通ったという。

　大学で親しくなった友人が、京都市内の北部に住んでいて「いっぺん、泊まりがけで、遊びに来いよ」と誘われた。それで一度、その厚意に甘えたという。

　行くとそこは旧家で、蔵のあるような大きな屋敷だった。

　家族にも大変世話になり、おいしい料理と酒もいただき、風呂《ふろ》にも入らせてもらった。寝間に通されると、だだっ広い部屋で、一人で寝るのは怖いほどだ。

　夜中、違和感を覚えて目が覚めた。

　消灯しているので、部屋は暗く、コッチ、コッチという時計の音だけが聞こえてくる。

（何時だ？）

　時計を見ようとして、身体が動かないことに気がついた。

　いわゆる金縛りというやつだ。ただ、Aさんは、よく金縛り状態に陥る体質だったらしい。

（あ。またか。こんなところでかなわんな）

ただ、目の自由は利く。時計は深夜の二時を指していた。

ところが、なんだかいつもと違う。

腹のあたりに、重みがあるのだ。

ふっと、腹部を見た。

Aさんにまたがり、しゃがんでいるような格好の鎧《よろい》武者がいた。

髪はザンバラで、兜《かぶと》を片手に抱えている。暗くて顔の表情はわからないが、じっとAさんの顔を見つめている。

すると、また別の気配が降ってきたような感覚。

鎧武者の右側に、小姓のような若侍、左には、刀を立てているもう一人の鎧武者が座っている。

その後ろがおぼろげに見えてきた。

家来と思《おぼ》しき鎧武者たちが、ずらりと並んでいる。

（うわっ、えらいもん、見てる）

しかし、身体は動かないし、声も出ない。

できることは一つ。心の中で、知っている限りの念仏を唱えた。

すると、腹の上にいた鎧武者がスッと顔を上げると、のっしと立ち上がり、部屋を出て行こうとする。小姓や脇にいた鎧武者も、それを見て立ち上がり、その後を追って歩きだす。やがて、家来たちもそれに反応してゾロゾロと歩きだし、そのまま、部屋の壁に消えていく。最後の武者の姿が見えなくなった途端、ふっと身体が動くようになったのである。

その間、一時間にも二時間にも思えたが、時計を見ると五分もたっていなかった。

（ああ怖かったあ）

Aさんは、全身汗びっしょり。もう、ぶるぶる震えたまま、朝まで眠ることができなかったのである。

朝食の席で、小声で「泊めてもらった部屋に落ち武者出たで」と言った。

すると、友人はみそ汁をすすりながら、「あ、出たん？」と、平然とした顔で言う。

「あ、出たん、て。あっさり言うなよ」

「たまに出るねん」

それを聞いていた母親も「あ、昨夜、出はったん？」と、まったく動じることなく言う。

「出はったんか」

親子で笑いながら、言いあっている。

「あのう、笑いごとやなくて、僕、ほんまに怖かったんですよ」

「たまに出るねん。そうか、出たか」

あんなに怖い夜はなかったけど、あの親子も怖かった、とAさんは笑った。

死化粧

T美さんの父が亡くなった。

「わしが死んでも、葬式はいらん。墓も作らんでええ」と言っていた人。

とは言っても、残された家族としてはそうもいかない。

やっぱりけじめは必要と、あるお寺の一室を借りて、お別れ会を行った。

父の遺体を棺桶《かんおけ》に入れる時、お寺の人に、

「どなたか、死化粧をお願いします」と言われた。

「死化粧と言われてもねえ、身体の大きなお父さんには、似合わないよねえ」

みんなはそう思った。

すると、T美さんの姉が「この人に赤い口紅はねえ」と言いながら、ちょっとラメの入ったベージュのリップグロスをポーチから取り出した。

「それ、どうなん? 大丈夫?」と、T美さんは言うが、姉は「大丈夫、大丈夫、どうせお別れの時って、誰も見てないよ」と、そのベージュのリップグロスを口に塗って、ファンデーションで顔色もよくしてみた。

「こんでええやん」と、姉も満足そうに笑う。ところで、そのリップグロス、どうすんのやろなとT美さんが気にしていると、姉は、再びぽんと、自分のポーチに入れた。

「え、それ、また使うの？」

「そら、私のやもん。どうしようと勝手やん」と、姉は平然としている。

ところが、お別れ会からの帰り道、「あれ？　あれ？」と、姉がポーチの中をまさぐりだしたのだ。

「なに、どうしたん？」

「リップグロスがない」

「嘘やん。お姉ちゃん、ポーチの中入れたやん。私見てたし、そんな会話したやん」

「そうやんなあ、でも、ないねん」

結局、リップグロスは見つからなかったのである。

その父の、三回忌の法要が近づいてきた。

「どうしようか」

電話で姉と相談した。

「やっぱり命日は、みんなで集まろうよ」という話になった。

「じゃあね」と電話を切る。

ところが、すぐに電話が鳴った。出ると姉からだった。

「どうしたん？」

すると、電話の向こうで、姉が悲鳴をあげている。

「ちょっとちょっと。お姉ちゃん、落ち着いてよ。何があったん？」

姉は一人暮らし。

電話を切って、出かけようと玄関に出た。

すると、背後に何かがコン、と落ちてきて、カラカラカラッと音を鳴らしている。

「なに？」と見たら、部屋の真ん中にある、一枚板の大きなテーブルの上に、二年前になくしたリップグロスが転がっていたのだ。

「リップグロス……、リップグロス……」と姉は繰り返している。

そして「怖いから捨てる」と言いだした。

マンションの焼却炉の中に捨てたらしい。

肩

K子さんという女子大生は、都内の美術系の大学に通っている。

夜間の授業を受けているので、午後六時から九時までのカリキュラム。

映像を専攻しているため、映画やスライドを観ながらの講義もある。当然、教室の照明を落とすこともある。

K子さんは、仕事を終えてから受けている授業なので、暗い教室が、どうしても眠気を誘うことになる。あくびを噛《か》み殺しながら、なんとか講義を聴こうと目を見開くが、いつのまにか、ウトウトとしてしまう。

教室の机は、三人用の会議机。仲のいい三人組なら三人掛けをしているようだが、たいていは受講者も少なく、一つの机に一人ということがほとんどだ。

その日は博物館学という授業があった。

講義中に、眠たくなった。

（いけない）と思いつつも、自然と瞼《まぶた》はくっつき、身体が右側へと倒れていく。

ところが、もうろうとする意識の中で、（あっ、男の人が座っている。よけなきゃ）と思った。

あ、ぶつかる。

はっと、目が開いた。

誰もいない。

でも、確かにさっきは、隣に男性が座っていて、その肩にぶつかりそうになったのだ。

（多分、寝ぼけてたんだろう）

その時はそう思った。しかしそれからは、そんなことがたびたび起こるようになった。

ある日、隣にF子ちゃんという女友達が座った。

また、眠くなった。

瞼が閉じて、身体が右に傾く。

（あっ、F子ちゃんにぶつかる）と思うのだが、そこにあったのは男の肩だった。

はっとして起きる。隣に座っているのは、やっぱり赤いカーディガンを着たF子ちゃんだ。でも、さっきは、確かに白いワイシャツを着た男の肩だったのだ。

ということは、F子ちゃんの上に白いワイシャツ姿の男が、重なって存在していたことになる。

(そんなん、ありえない)

しかし、たびたび、その白いワイシャツの男は、教室が暗くなると隣に現れる。

それが、同じ教室、同じ博物館学の授業の時に限られるのだ。そして、白いワイシャツにぶつかる、と思うと、必ず目が覚める。


ある時、Uさんという助手の先生に相談をしてみた。

Uさんは、神道などに詳しく、オカルトの知識もあるという。

「先生、これって私、疲れているからでしょうか」

するとUさんは、「多分、君が寝てるからじゃない?」と言う。

「どういうことでしょうか」

「だから、起こしに来てるんだよ。彼も一緒に博物館学の授業を受けているんだよ。でも、彼は残念ながら亡くなっているからね。受けたって役に立たない。でも君は、元気に生きているよね。将来があるよね。だったら寝ないで、ちゃんと授業受けなさいって。そう言っているんだよ」

「その人、誰ですか?」

「うん。心当たりはあるんだけどね」

それ以上は言ってくれなかったが、それからは寝ないように頑張って、履修しているという。

兵隊さんが通る

ある夏の日のこと。

K子さんが、職場で同僚のN子さんに、「昨日、変なことあったのよ」と、こんな話を聞かされた。

N子さんには、子供が二人。上が女の子、下が男の子。男の子はB君といって、小学三年生である。

昨日の夜のことだという。

家でくつろいでいると、急にB君が「ねえねえ、お母ちゃん。兵隊さんが通るよ。兵隊さんが通るよ」と、叫びだしたというのだ。

B君は、少し知的障害がある。それに、兵隊という言葉なんて知らないんじゃあ？ と、母としては思う。そもそも、今の日本に兵隊なんていない。

「兵隊さんなんて、そんなのいないわよ」

そう言っても、B君はなおも叫びつづけている。

「兵隊さんが通るよ、兵隊さんが通るよ」

「もう寝なさい」と、さすがに叱りつけた。ところが。

兵隊が行進するような音が、確かに外から聞こえてきたのだ。

驚いて、B君を抱き上げると、カーテンを開けて外を見てみた。

ここは、マンションの三階。細い路地がそこから見えるが、誰もいないその道のあたりから、いわゆる軍靴の音がザッ、ザッ、ザッと響いているのだ。いや、よく見ると、何かがある。ゲートルを巻いたような大量の足だけが動いている。

ほんとに兵隊さんが、行進している！

その先にあるのは、小学校。兵隊の列はそこへ向かっているようだ。

「でもね」と、N子さんは言った。

「あそこ、戦争中に兵舎があったとか、空襲で人が死んだなんて聞いたことがないし、第一、私たちずっとそこに住んでるけど、そんな話、聞いたこともないのよ」

数年後のお盆、K子さんはいつもなら実家のある田舎に帰省するのだが、仕事の都合で帰ることができず、暑いマンションの中で、寝つけない夜を迎えていた。

いつもは布団に入るとすぐに眠れるはずが、なんだかおかしい。

何度も寝返りをうっていると、ザッ、ザッ、ザッと、遠くの方から何かが行進している音が聞こえてきた。

（あれ、なんだろ。なんだか聞いたことがあるなあ）

そうは思いながらも、寝ぼけているんだと、自分に言い聞かせる。

だが、音は止まない。どんどんそれは近づいてくる。

はっきりと、歩調を合わせた集団の足音。

「あっ、いつかN子が言ってた、あれだ」

しかし、N子さんの住むマンションは、ここから距離的に随分離れている。

窓を開けて、外を見てみた。

隣の家の屋根が見えるだけで、道はまったく見えないが、おそらくゲートルを巻いた足が行進しているのだろうと、想像できる。軍靴は、やはり、その先にある小学校に向かっているように思われる。

カレンダーを見てみた。

八月十五日。

そうか。N子が話していたときって、お盆休み明けの会社だったから、十六日。

「昨日」と言っていたから、やっぱり八月十五日に、兵隊さんが帰っていたんだ。うちの近くって、そういうのが通るんだ。そう思った。

調べてみると、N子さんの近くの小学校は知らないが、K子さんの家の近くにある小学校は、昔、陸軍の兵舎だったことが分かった。

でも、K子さんもN子さんも、一度それを聞いたきりで、以後はまったく聞くことはなかったという。

墓参り

M子さんには今、中学生の息子がいる。

ただ、その息子を授かるまではなかなか子供が出来ず、夫婦で随分悩んだのだそうだ。

病院で診てもらっても「異常はありませんよ」と言われるばかりだった。

ある時、夫が「一度、ご先祖様に相談してみようか」と言いだした。

つまり、それぞれの実家のお墓参りをしようというのだ。

夫の実家は熊本県。M子さんの実家は長野県。

まずは、長野県のお墓に夫婦で行ってみた。

大きな共同墓地。久しぶりに来たこともあって、ご先祖様のお墓がどこにあるのかわからない。とうとう道に迷った。

すると、子供の笑い声が聞こえてきた。

ふと、その方向を見ると、墓地の中に、小学校の制服を着た男の子がいる。

「けんけんぱ。けんけんぱ」と大声を出しながら遊んでいるが、M子さんたちを見ると「おーい」と手を振りだした。

「あの子、なにしてんのかしら。あんなところで遊んじゃ、危ないよね」

そう言っていると、「わああ！」という男の子の悲鳴が聞こえ、その姿が消えた。

何かにつまずいて、転んだようだ。

「ほら、言わんこっちゃない」

その子を助けようと、駆け寄った。

「あれ、いない」

「ほんとだ。さっきまで、ここにいたよね」

「ほんとに消えちゃったよ、あの子」

「そんなこと……、あ、これ、うちのお墓よ」

すぐ正面に、M子さんの家の先祖代々の墓があった。そして無事に墓参りがかなったのだ。

次は夫のご先祖様のいる、熊本へと出かけた。

山一つが、巨大な霊園になっている。

また、迷った。

一体、今、どこを歩いているのか、どこへ向かって歩けばいいのか。さっぱり見当もつかない。

「また、あの子が出てきてくれたら助かるのにね」

M子さんは、冗談でそう言った。

すると、「わあー」という男の子の声が、背後からした。

「えっ」と振り向くと、向こうから、小学校の制服を着た男の子が走ってきて、たちまち二人の間を走り抜けていった。

「ああ、危ない。あの子の親御さん、何してるんだろ」

そう言いながら、遠ざかっていく男の子を見ていると、ふっと、その姿が消えたのだ。

「え……、消えた」

男の子が消えたあたりに来てみると、今度は夫の家の先祖代々の墓石が、目の前に並んでいたのだ。そして、お墓参りが無事すんだ。

その翌年、長男が生まれたのだ。

それからは、この子の成長ぶりをご先祖様に報告しようと、毎年お彼岸になると、お墓参りをするようになった。息子はどんどん成長し、ご先祖様にその顔を見せることができた。

その息子が小学生になった時、ぼそっと、こんなことを言ったのだ。

「もう、なんでパパもママも、お墓の場所わからないの。あんまりわからないようだから、けんけんぱして、教えてあげたのに」

「え、なにそれ？」

「僕ね、寝てたら、夢の中で、パパとママ、お墓はどこだどこだって、迷ってるから、ここだよって、けんけんぱして、手を振って教えてあげたんだよ。そしたら、またどこだどこだって、迷ってるから、走っていって、ここだよって、二度も教えてあげたんだよ」

そういえば、今、息子が通っている小学校の制服が、あの時の子供が着ていたものと、よく似ていることに気がついたのである。

ご先祖様

私はたまに、書斎で怪談会を行っている。

私の事務所のホームページやブログ、ツイッターなどで告知をすると、毎回十数人は集まってくれ、夜通し怪談を語り聞く、プライベート怪談会を始発電車が出る時間まで続ける。いわば、私の怪談蒐集《しゅうしゅう》の場なのである。

ある怪談会の夜。参加すると言っていたCさんが、少し遅れてやってきた。そして、「今、タクシーの運転手から三百六十円で買った怪談を話します」という。

聞くと、こういうことだったそうだ。

寝過ごして、怪談会の開始時間に間に合いそうもなかったので、タクシーで向かうことにした。

タクシーに乗ると、その運転手から体験談を聞きだしたくなるのが、怪談好きの習性だ。

しかし、「そうねえ、私、霊感とかそんなん、全然ないですからねえ」と言うばかりで、体験談は出そうにない。

そうこうしているうちに、私のマンションが見えてきた。

「運転手さん、あの角で降ろしてください」

そうCさんが言おうとしたのと同時に、運転手は「そういえば、僕、おもしろい体験を思い出しました」と、言いだしたのだ。

「運転手さん、そこで停めて。それで、メーター倒さんでええから、その話聞かせて」と、聞かせてもらった話だという。

こんな話だったそうだ。

「僕ね、今、まじめにタクシーの運転手をやっていますけど、昔はけっこう、やんちゃしてまして。そんなんですから、当然、友達はろくなん、いてませんでした。ヤクザとか、暴力団関係者、そんなんばっかり。

僕は当時、クギ師をやってました。知ってます？　パチンコ台のクギ師ですわ。いうたら、博打《ばくち》関係の仕事。とにかく、周りはロクなのいなかった。組の親分さんとか、若頭みたいなのと、博打したり、酒飲んだり。ちょっと言えないようなこともやっていました。まあ、そんな生活も別に悪くはなかったんですよ。世の中そんなもんやろうと思っていましたし。

ある日のことです。

パチンコでもしようと、外に出て、一日中パチンコ屋に入り浸って。それで夜に家に戻ったんですわ。そしたら、居間のソファーから、煙が上がってましたんや。白い細い煙で。

あっ、やってもた、タバコの火の不始末や、そう思って、慌てて周りにある週刊誌や新聞紙をソファーから除《よ》けたんです。そしたらね、火の気がない。あれれ。

でもね、目の前で、煙はまだ立ち昇ってますのや。

なんなんや、これ。

そう思っていると、高さ四十センチくらいかな。そんな竜巻になって、色も白からベージュ色というかババ色というのか、わからんけど、変色しながら、ぐるぐる回っているんです。まあ、僕は、わけがわからんと、あぜんとしてそれを見てました。

すると、また白色になったかと思うと、いきなり大きくなって、一瞬にしてそれが人間の形になったんですわ。

白い、ぼーっとした、人間のようなもの。

それが、目の前一メートルの距離にいて、明らかにこっちを見てるんです。

何が起こっているのかわからん。

ともかく頭の中がパニックになった。そしたら、それ、スゥーと霞《かすみ》が消えるようになくなったんです。なんなんや、妙なもん見たな、そう思いました。

そしたらね、それまで組のもんやら、チンピラみたいなもんから、毎日のように電話がかかってきてたのが、ピタッとなくなったんです。で、なんでやわからんけど、街を歩いてても、そういう連中とは不思議と会わんようになって、当時つきあってた女とも別れたんです。もうね、そういう連中と、キレイに縁が切れたんです。

で、結局、そこからは普通の会社員、商売している人、学校の先生といった人たちと知り合うようになったんです。そんな縁があって、今、僕、タクシーの運転手をやっているんですよ。

これはね、僕の主観ですよ。

あの煙の人影は、ご先祖様や思いますねん。

世の中って、六道言いますやん。

あの頃、僕は、修羅道におったんですわ。だから、修羅の友達、地獄界の知り合いばっかりが、周りにおったんですよ。ところがそこに、ご先祖様が来て、それを断ち切ってくれた。僕の魂を人間界にあげてくれた。そう思うんですよね」

ワンメーター分、三百六十円で買った話です、とCさんは得意顔であった。

母のお迎え

Kさんは、今は市役所に勤める公務員だが、中学の頃はグレていてほとんど家に帰らなかったという。特に、中学二年生の時はひどくて、友達の家を泊まり歩いていたらしい。

学校にもほとんど行かない。

家にも帰らない。当然、家族の者は心配する。

母親は、いろいろ捜しまわり、心当たりのあるところに電話をかけたりするが、まったく居場所がわからず、ほとほと困り果てていたのだ。

ある夜、その日に知り合った、高校生のワルぶったお兄さんのところへ遊びに行って、そのまま夜遅くまで、酒を飲んでいた。すると、そこに母親が迎えに来たのである。

「え、おかん。なんでここ、わかったん？」

わかるはずがない。今日知り合ったお兄さんの家で初めて来る場所だ。だいたいここが、どういう町のどんなところなのかも、自分自身がわかっていない。

「ええから、はよ、帰ろ。もう心配かけな」

母親は、ただそう言って、目の前に立っている。

「どういうことや。つけて来たんか」

「ううん、そやない」

すると、一緒に酒を飲んでいたお兄さんも「お前、親に心配かけんな。帰ってやれ」と言う。

それで、久しぶりに家に帰った。

ところが、その日を境に、どこにいても、必ず母親が迎えに来るようになったのだ。

そして「さ、帰ろ」と、促す。

わかるはずがないのだ。

母親にも誰にも紹介したことのない友人。初めて行く場所。誰も知らない、不良たちの溜《た》まり場。なのに、そこに母親が姿を現す。そして、

「さ、もう帰るで」と言う。

不良たちに頭を下げて「まだこの子、中学生なんです。だから、もうちょい年いったら、一緒に遊んでやってくださいな」と言う。だから、誰も何も言わない。

とにかく、どこにいても、必ず迎えに来るので、そのうち、外泊する時は、家に電話をするようになった。

「今日、○○のところに泊まる」

「そうか、わかった」と言って、この時は迎えには来ない。

しかし、無断外泊すると、必ず迎えに来る。そんな毎日が続いた。

高校生になって、Kさんも少しは落ち着いて、外泊することも、ほとんどなくなった。

そんなある日、母親に尋ねてみたのである。

「あのさあ。俺が中学の時、外泊しようとしてたら、必ず迎えに来てたよな。誰にも紹介したこともない友達で、俺すらも初めて行く場所が、なんでわかったんや」

すると、母親はこんなことを言った。

「それがな。不思議なことがあってな。あの頃、お前のことが心配で心配で、どうしようと思ってた。お前がどこにおるのかの、手掛かりさえ、わからん。そしたらな、ある夜うちに電話があってな。

『あんたとこ、K君て息子おるやろ。今、どこそこで、こんなことしてるな』と、聞いたこともない男の声で。『どなたですか』と聞いても名乗らん。そのまま、ガチャリと切れるんや。

だから、最初は相手にしなかった。でも、毎晩毎晩、その男の声で、電話がかかってくるんや。それがな、例えば『今、ヒグチという高校生のうちにいてるわ。女の子が二人おってな、そのうちの一人と、親しげに話しとるわ。タバコ吹かしとるなあ。中学生やのにあかんなあ』て。なんか具体的や。

ある晩、『そこ、どこですか？』と聞いた。そしたら、具体的な場所を言ってくれるわけや。試しに行ってみよかって。それで行ってみたら、ほんまにお前がおったというわけや。驚いたわ。

で、その電話というのが、その時の状況、隣に誰がいて、その人がなんという名で、どういうことを話しているのか、何をしている人たちなのかも、聞けば全部答えてくれる。場所を聞くと、最寄り駅や、車で行くなら、どこそこの道を右とか、まっすぐとか、近くにコンビニがあって、〇〇生命ビルが四つ角にあってそこを左、三軒目のコーポ〇〇の何号室、まで言うてくれる。まるで、すべてを俯瞰《ふかん》で見ているかのようやった。そやから、それからは、その電話があると必ず場所を詳しく聞いて、必ず迎えに行くようになったんや」

「ふーん、それ、誰なんや」

「それがさっぱりわからん。けどな、お前が落ち着いてからは、そんな電話も全然かかって来んようになったわ」

館内アナウンス

これは、Nさんの幼いころの出来事で、姉から聞かされた話だという。

親族の結婚式のため、一家で九州へ行った。幼いNさんも、連れて行かれたという。

あるホテルの結婚式場。

もうすぐ式だという直前。

「大阪から、Nさんに、お電話が入っております」という館内アナウンスがあった。

「誰からやろ。大阪の誰にもここの電話番号知らせてないし、ここにおることも知らんはずやけどなあ」

父が不思議がる。

「親戚《しんせき》の誰かが、連絡したのかもしれんね」と母は言う。

「とりあえず、フロント行こか」

父が行った。

「大阪のNやけど。電話あったって聞いたんやけど」

「は、なんでしょうか？」

「いや、今アナウンスでな、大阪から電話が入ってるって、言われたんで来たんやけど」

「あの、お電話は入っておりませんけど」

「いやいや、アナウンスがあったから、ここに来たんや。でなかったら、もう式が始まるのに来るわけないがな」

「はあ、そうおっしゃられても、お電話は入っておりません」

もめだした。

姉が「お父さん、どうしたのよ」と、会話に入る。

「電話なんてないって」

「嘘やん。館内アナウンスあったやん。私も聞いたよ」

しかし、フロントは、電話もないし、アナウンスもしていないという。

納得できなかったが、式も始まったので、そちらに戻った。

その二日後、大阪に戻った。するとすぐに電話がかかってきた。

父の妹が亡くなり、その葬式が今終わったという知らせだった。

「え、妹、死んだんか。知らんかった。わしら一家、九州におって今日帰ってきたとこやったんや。で、いつ死んだんや」

聞くと、ちょうど、結婚式場で、アナウンスがあった時間だった。

死ぬ時期

　S恵さんの叔父が亡くなった。

　十一月の初頭に入院した時点で「もう、いつ亡くなっても仕方のない状態です。明日《あした》、いや、今晩にも亡くなられるかもしれませんから、覚悟しておいてください」と医者に言われた。

　それを聞いて、S恵さんは「お母さん、親戚の人たち、呼ばなきゃ。いろいろ大変なことになったわねえ」と、あたふたとしだす。

　しかし、母は「弟は、まだ死にやしないよ」と落ち着いている。

「なんでよ」

「うちの家の者は、みんな同じ日に死ぬんよ。二十八日って、決まってるから」

「お母さん、何言ってるの。まだ十一月になったところじゃない。お医者さん、もう今晩かもしれないって。聞いてたでしょ？」

　叔父は、十一月二十八日に亡くなった。

サブリミナル

ある大学の映画研究会が、自主制作で映画を撮った。

当時は、ビデオではなく、十六ミリフィルムによる制作であった。

完成披露として、教室を借りて、試写会を行った。

友人たちが大勢観に来てくれた。

ところが、観終わった人たちは、口々に「なんなの、あの映画」「なんだか気持ち悪かったよな」と、言いだした。回収したアンケート用紙を読んでも、「女が叫ぶ印象がすごく残った」とか「あの怖い女は何だ」「とにかく怖い映画だった」という感想がほとんどだった。

だが、映画の内容は、恋愛ドラマだ。

怖い、というシーンはないし、怖い女、というのも心当たりがない。

「おかしいなあ」

スタッフ一同、自分たちが撮った映画を、観返してみた。

観終わると、確かにみんなの頭の中に、撮った覚えのない、女が叫んでいる恐ろしい印象が残ったのである。

「なんだ、これは」

フィルムの一コマ、一コマをチェックしてみた。

すると、シーンのあちこちに、叫ぶ女のアップのカットが入り込んでいた。いや、全編にわたって、それがあったのだ。

その女は、出演者でもスタッフでもない。

まったく知らない女だ。

それが、ムンクの『叫び』のように、口を大きく開けて、両手で耳をふさいでいる、アップのカット。しかも、その女の目は、黒目しかない。

フィルムの場合、一秒間が二十四コマで構成される。ここに、一コマでも、別のカットを挿入し、それを繰り返すと、視覚的な認識はなくとも、脳内ではそれが認識されるらしい。

これを巧《うま》く利用すると、視聴者には気づかれないうちに、そのイメージを潜在意識下に植え付けることができる。これをサブリミナル効果と言い、もちろんその知識は、メンバーは持っている。

しかし、これをやるには非常に手間と時間がかかるし、作業をするにしても、学内の編集ルームを使うしかなく、勝手に出入りできる環境下でもなかった。

結局そのフィルムは、やっと完成したのにもかかわらず、燃やされることになったという。

急な引っ越し

Oさんが、大学時代の先輩Dさんと飲みに行った。

なんだか、Dさんが疲れているように見える。

「どうしたんですか」と聞いてみた。

「いや、実は昨日、引っ越しがあってさあ」と言う。

「引っ越しされたんですか？」

「いや、俺じゃないんだよ。同じ職場の後輩の引っ越しでね」

「へーえ。でもそういうことは、業者にまかせればいいじゃないですか」

「それがね。同じマンションの別の棟への引っ越しでね。業者を呼ぶのはもったいないからって。それで俺が呼び出されたんだよ」

「へーえ。それ、なんか、妙な感じがするんですけど。何かあったんですか？」

すると、こんな話が出たのだ。

発端は、半月ほど前のことだという。

会社で仕事をしていると、その後輩Iさんに電話があった。電話に出たIさんが、「もうすぐ退社時間だから、ちょっと待ってくれ」と言って、電話を切ったのを覚えている。

翌朝、出勤するとそのIさんから電話があった。

「D部長、出社、ちょっと遅れます」と言う。

「どうした？」

「ちょっと今、不動産屋に来てもらってまして、それでちょっと」と言っている。

「まあいい。で、どのくらい遅れるんだ」

「はあ、また連絡します」と切れた。

一時間ほどして、またIさんから電話があった。

「すみません。今日一日、有給使わせてください。わけは明日、説明します」と言ってまた切れた。

翌日出社してきたIさんに、何があったのか、問いただした。

「すみません。実は一昨日《おととい》、退社時間直前に、うちのやつから電話がありましてね。すぐ帰ってきてとか言いだして」

「その電話なら、覚えてる。ちょっと待ってくれとか言ってたな」

こういうことだったらしい。

Iさんは、退社時間を待って、急いで帰った。

すると、奥さんがひどく怯《おび》えていた。

押し入れの上にある襖《ふすま》、つまり天袋が勝手に開いたというのだ。

見ると、確かに数センチ開いている。当然、人の手によらないと開かないはずだ。

奥さんが言うには、台所に立っていると、背後でスゥーッと何かが開く音がした。

なんだろ、と見てみると、天袋の襖が開いていたというのだ。

確かにこれは、気味が悪い。

というのも、引っ越して三年になるが、その天袋は引っ越した日に一度開けた記憶はあるが、以後、まったく使っていないし、開けたこともないという。

Iさんは、脚立を持ってきて、天袋の中を懐中電灯で照らした。

すると、奥に埃《ほこり》まみれのボストンバッグがあった。かなり大きなものだが、こんなものに見覚えはない。そして、なんだか嫌な感じがする。

管理会社に連絡して、来てもらった。

管理人は、この部屋は何度か住人が入れ替わっていて、そのたびに部屋を全部点検し、業者に頼んで、原状回復工事も行っている。だから、Iさんたちが住む前からあったということは考えられない、という。

しかし、見覚えのないボストンバッグは確かにある。

開けてみた。

お札があった。そしてお札を取ると、その下に大きな透明のゴミ袋があった。

ゾッとした。

袋の中には、黒い髪の毛がぎっしりと入っていた。

「なんだこれは!」

管理会社によると、この部屋では十二年前に、子供が誤ってベランダから落ちて死んだという事故はあった。しかし、それとこの袋の中のモノが関係するのかどうかは、わからない。結局、こんなものを、いつ、誰が、なんのために、天袋に入れたのかは皆目わからないし、そのことを主張するかのように、勝手に開いた、という現象もなんだか気味が悪い。

「こんなところに住めるかあ!」

Iさんが異議申し立てをすると、管理会社も「二週間ほどすると別棟に空き部屋ができます。抽選なしにそこに住んでいただけるよう、手配します」と特別の配慮をしてくれたが、ここからは一刻も早く出て行きたい。

Iさん一家は、しばらくホテル住まいをして、昨日、引っ越したのだという。

「それに駆り出されたんだよ」

そう言って、Dさんは手元のウイスキーを飲み干した。

天文観測

Nさんは、高校時代、天文部に所属していた。

二年生の夏休み、部員たちと、ペルセウス座流星群の観測に出かけた。

そこは、学校から自転車で三十分ほどの小高い丘。一本道で、途中に墓地がある。その先は実は立ち入り禁止の立て札があるが、原っぱが広がっていて、夜は天文観測に絶好の場所なのだ。

現場につくと、天体望遠鏡を設置し、早速天文観測を始めた。

他の部員たちも、絶好の場所を探し、天体望遠鏡を覗《のぞ》いている。部員以外にも、天文観測に来ている人は何人かいた。

Nさんは、草原の上にあぐらをかいた状態で、星空を見上げていたが、背後から、

「何か見えますか」という女性の声が聞こえた。

Nさんは、そのままの体勢で、

「ああ見えますよ」と返事をした。

「何が見えますか」とまた声がする。

「今、流れ星を見ているんです。あ、僕ら天文部の部員なんですよ。すみません。お騒がせしています」

「いえいえ」

Nさんは、姉妹に囲まれて育ったので、女性と話すことにあまり抵抗はなく、会話は弾んだ。

「知ってますか。流れ星を見たら、願い事が叶《かな》うんですよ。でも、一瞬で消えちゃうので、願い事はなるべく短く言うんですよ。昔の人は、カネ、クラ、ヨメなんて言っていたらしいですよ。ああ、でも女の人はヨメなんて言わないか」

「ふふっ」と笑い声がした。

それがなんだかかわいい印象だったので、どんな女性か気になった。

ふっと、目を背後にやると、女の足が見えた。

「裸足《はだし》？」

えっ、と目線を上げると、誰もいない。

すると、周りの部員たちが、変な目でNさんを見ている。

「お前、誰としゃべってんだ？」と親しい友人に言われた。

「誰って、ここに今、女の人、いたろ」

「誰もいないよ」

「いやいやいや、いたよ。裸足の人」

「裸足？」

あ、なんだか妙だ。あれ、俺だけに見えたのかな。

またしばらく望遠鏡を覗いていると、再び「何か見えますか」という声がした。

さっきの女性の声だ。

「あのねえ」と言って振り返った。

さっき女の足があったところに、卒塔婆《そとば》が立っていた。

「えっ！」

Nさんは、卒塔婆の真ん前に陣取っていたのだ。

真新しい卒塔婆だったという。

赤い手袋

九州出身のE子さんは、「雪を見るたびに思い出すんですよ」と、幼いころの話をしてくれた。

昔は、九州といっても、冬は寒さも厳しく、年に何度かは大雪にもなったという。

一面が銀世界ともなると、子供たちは喜びはしゃいで、雪と遊ぶ。

雪だるまを作ったり、雪合戦がはじまったり。

ある土曜日。大雪が降った。

学校は午前まで。

家に帰ると、E子さんは、雪ウサギを作った。

お盆の上に載った、白いウサギ。あとは、目と長い耳を付ける。

それには、南天の真っ赤な実と長い葉っぱが要る。

庭の南天の木を見てみた。

不思議なことに、いつも生《な》っている赤い実が一つもない。

「鳥が来て、食べたのかなあ」

でも、赤い実がないと、ウサギに目が入らない。

そこに、父が帰って来た。

「ねえ、雪ウサギ作ったんじゃけど、目がないんよ。目が欲しいから、山に連れてって」とねだった。

「よっしゃ」

父は軽トラックを出し、近くの山に行ってくれた。

山岳信仰のある山だった。

山も真っ白に染まっていたが、真っ赤な実をたくさんつけた、万両の木を見つけた。

車を降りて、万両の実を摘みはじめると、ふと足元に目が行った。

真っ赤なニットの手袋が片方だけ落ちていた。

「なんだろう」

手に取って見てみた。

ちょうど、当時のE子さんと同じくらいの年齢の女の子がする手袋。

手で編んだもので、編み目がガタガタと歪《ゆが》んでいるところがあるが、真ん中に、お花の刺繍《ししゅう》があり、これを縫った人は、不器用ながらも、愛情をこめて一生懸命編んだんだなと、子供心に思った。

この時なぜか、この手袋、持って帰らなきゃ、とポケットに突っ込み、真っ赤な万両の木の実とともに持ち帰ったのである。

家に帰ると、母にそれを見せた。

そのとたん、母はその手袋を握りしめ、ぶるぶる震えだした。

「どげんしたと？」

父もそれを見て、声をかけた。

すると母は、「みっちゃん！」と叫ぶと、そのまま泣きだしたのだ。

「お母ちゃん。お母ちゃん」

E子さんも、声をかけて心配するが、母は泣くばかり。

やがて、泣き止んだ母が、こんな話をしだしたのだ。

母の幼いころ、三軒隣にみっちゃんという、同じ年齢の女の子が住んでいたという。

それは、戦後間もなくのことで、みっちゃんの父親は兵隊にとられて、南方で戦死したらしく、母とみっちゃんの二人暮らし。その母も、身体にケロイドがあった。

どうやら、母は長崎で働いていて、被爆したらしい。

みっちゃんは、祖母に預けられていたので、被爆は免れたと聞いた。

そんな二人が、三軒隣に引っ越してきたのだ。

だから、E子さんの母は、幼いみっちゃんと、よく遊んだという。

みっちゃんの母は、洋裁が得意だったらしく、近所から縫物の内職をもらって、細々と生活をしていたが、やがて被爆による症状がひどくなっていき、その器用な手つきも、おぼつかなくなり、やがて寝たきりの生活となった。

近所の人たちは、それを見かねて、食事を差し入れしたり、田畑で採れたものをお裾《すそ》分《わ》けしたりしていた。だが、あまりに極貧な生活。

被爆の症状も悪化し、将来を憂いたのだろうか。

ある日、みっちゃんの手を引いて駅まで行くと、列車に飛び込んだ。

その遺体を確認し後片付けをしたのが、当時国鉄職員だった、E子さんの母の祖父だったという。

「おい、今日、みっちゃんとその母ちゃん、身投げしたとよ。かわいそうになあ。けど、ショックを受けるやろうから、あの子には、しばらく言わん方がええとよ」と、家族は聞かされたが、E子さんの母には知らされなかったのだ。

みっちゃん親子は、親戚《しんせき》もいないようで、近所の人たちがお金を出し合って、葬式を出した。幼いE子さんの母も、さすがに、みっちゃんがいないことに気づき、やがてすべてを知った。

それがかわいそうで、かわいそうで、一人駅に行っては、二人が身を投げたという場所で、うずくまって泣く日が続いたのである。

E子さんが持ち帰った、赤いニットの手袋は、その、みっちゃんのものだと、母は言うのだ。

「子供心に、はっきり覚えとると。その手袋は、みっちゃんの母ちゃんが、ケロイドで手が動かなくなっても、娘のためにかわいい手袋を作ってあげようと、懸命に編んだものやったんよ。だから、編み目がガタガタに歪んでたとよ。でも、真ん中にある、お花の刺繍が特徴的でね、ほら、真ん中が黄色で、紫色の花びら。これもみっちゃんの母ちゃんが、なんとかみっちゃんに喜んでもらおうという気持ちの表れなんだと、子供の頃、この手袋を見て、そんな気持ちが伝わってね。ああ、うらやましい、みっちゃんは愛されてるんやね、と思ったこと、今も覚えとるよ」

だから、その手袋は、間違いなくみっちゃんのものなのだ。

「これ、お前、あの山で、見つけた言うたばいね」

「うん」

山岳信仰で有名な山。

「ちょっとそれで、思い当たることがあるとよ……」

みっちゃんは、「うちが死んだら、あの山に行くんよ」と言っていたのだという。

幼い子供が、「死んだら」という話はめったにしないものだが、みっちゃんは、子供心に何かを察していたのかもしれない。

「この手袋は、みっちゃんが、私は山にいるよ、と教えてくれたとね」

そう言って、また母は泣き崩れた。

それを見て、E子さんは、「お母さん、みっちゃんが山にいることを知って、安心して泣いてるんだ」と思って、もらい泣きをしたという。


最近のことだ。

E子さんは、年老いた母と、久しぶりに旅行に出かけた。

その時に、みっちゃんの話を思い出した。

「あの話、子供心に、ああ切ないな、でも、どこか温かい話やなと、思ってたんよ」

すると母は「あっ、あの話ね。あの話をした時はねえ、うちも大変だったのよ」と言う。

「大変？　大変て何よ」

そんな記憶は、E子さんにはない。

「あの時は、うちも生活が大変でね。父ちゃんは、事業をする言うて、大きな借金しよってね。ところがその事業がうまく回らんかって、とても借金を返せるような状態やなかった。先行き真っ暗でね。もう、お前たち子供を連れて、どこかで一家心中しようかと、父ちゃんとそんな話をしとったとよ。もう、それしかないと……。

そんな時ばい、お前が、みっちゃんの手袋を持って帰ってきたとね。私は思った。みっちゃんが、心中はいかん。子供たちを私と同じような目にあわせたらいかん。そう言うとる。それで泣いたんよ。それから、母ちゃんも父ちゃんも心入れ替えて、生きる決心をして、がむしゃらに働いたんよ。それこそ、人の三倍働いたと。それでようやく借金も返して、人並みの生活ができるようになったとよ。みんな、みっちゃんのおかげばい」

あ、お母さんはあの時、安心して泣いたんじゃなかったんだ。と、E子さんは、はじめてそのことを知ったのである。

老夫婦

Kさんの母親の話である。

同じマンションの三軒隣に、老夫婦が住んでいた。

ある日、玄関のチャイムが鳴ったので出てみると、その老夫婦の夫がいた。

「奥さん、すみません。実はうちの家内の具合が急に悪くなりましてね。下にタクシーを呼んであるんですが、家内を下まで運ぶの、手伝ってくれませんか」と言う。

そう言う夫も、杖《つえ》を突いている。ということは、自分一人でそのおばあさんを運ぶことになる。

「あのう、救急車をお呼びになった方が、よろしいんじゃないですか」

「いや、そんなご近所さんに迷惑おかけするようなことは、したくありませんので」

私に迷惑かかっとるがな、と思いながら、彼女は管理人を呼んで、二人でなんとかおばあさんを運んで、タクシーに乗せることができた。

それから、二度ほど、そんなことがあった。

今年になって、そのおばあさんは入院したが、介護疲れもあってか、夫の方が先に亡くなってしまった。それでおばあさんは、そのまま介護施設に入ったと聞いた。

ある日、パートから帰ると、留守番電話が入っていた。

『奥さん、荷物預かっていますので、下まで取りに来てくれませんか』という管理人からの伝言だった。何かしら、とエレベーターに乗って、一階のボタンを押して前を見た。エレベーターの窓ガラスから外が見える。

自分の家の三軒隣、あの老夫婦が住んでいた部屋のドアの前に、杖を突いたおじいさんが立っている。

「あ……」

すると、おじいさんは、こちらを見て深々と頭を下げた。

「あ、だんなさん……」

声が出かかったが、そのままエレベーターは、降りていった。

管理人室を訪ねると、管理人が言う。

「今日、あのおばあさんが来られましてね。お世話になりました、本来なら奥さんにお会いして、直接お礼を言いたかったんですけどもって、菓子折りを置いていかれましたよ」

あっ、だから代わりに、夫の方が挨拶《あいさつ》に来られたんだな、と思った。

魚の写真

バブルの頃の話だ。

会社員のHさんが、東京支社に赴任となった。

彼は、釣り好きで、休みになるとバイクに乗って、関東のあちこちの釣りスポットを回った。部屋には大きな水槽があり、魚を飼ってもいた。

ある日、気まぐれに、水槽を泳ぐ魚の写真を何枚か撮った。

体長二十センチほどの淡水魚、ブルーギル。

水槽にかなり近寄って、アップで撮った。

だが、プリントされて戻ってきた写真は、どれもピントが合っていなくて、何が写っているのかわからない。

「おかしいなあ。ピント、ちゃんと合わせて撮ったはずだけどなあ」

よく見ると、一枚の一カ所だけ、ピントが合っている部分がある。

「なんだろ……」

眼鏡をかけて見直して、思わず手にした写真を、床に落とすところだった。

ピントが合っていたのは、ブルーギルの三枚のうろこ。そのうろこが、三人の人の顔となって写っていたのだ。たまたまそう写ったとか、そう見えた、ではない。これはうろこではなく、絶対に人の顔だ。

はっきりと三人ともが、男であるとわかる。

こんな写真、持っていていいものだろうか、と悩んだが、勝手に処分するのも怖い。

福岡の実家に電話してみると、兄が出た。

「兄貴、ちょっと笑わんと聞いてくれ」と、事情を話した。

「写真を手紙と一緒に、そっちへ送るから、菩提寺《ぼだいじ》に供養してもらえんとやろか」

兄は真面目に聞いてくれた。

「わかった。じゃ、俺宛《あて》に送るとええと。着いたら俺が直接寺に持っちってやるけん」

すぐに、手紙をしたためて、写真と一緒に実家の兄宛に投函《とうかん》した。

数日して、兄から電話があった。

「今日、寺にあの写真持って行って、ご住職に話をしてみたばい。そしたら、大丈夫ばいって。目の前で供養もしてくれよったし。ただ、伝言があってな、水槽の中に少量の塩と米を入れなさいと」

そう言われて、その通りにした。

その夜、夢を見た。

釣りに出かけようとバイクを走らせていると、三人の男から道を尋ねられる。道を教えると、男たちは「ありがとうございました」と礼を言って、その先にある池の中に入って行く。

「おいおい、なんてことするんや……」

そこで、目が覚めた。

なんだか、生々しい夢を見たな。そう思うと同時に、なんだかその夢が、あの写真と関係があるようにも思えてきた。

また実家の兄に電話した。

「こんな夢見た言うて、ご住職にまた伝えてくれんとね」

「わかった。伝えとくと」

数日して、兄から電話があった。

「ご住職に、あの夢のこと伝えたらな、あ、成仏しなさった、と言うとった」

その話を聞いて、Hさんは、住職に直接話を聞いてもらいたくなった。いや、そうしなくてはならない、という気持ちがふつふつと湧いてくるのだ。

後日、有給休暇をもらって、福岡の実家に帰省し、菩提寺に行ってみた。

そして改めて相談してみた。

「お前さん、魚は好きとね」

住職がそう尋ねた。

「ええ、好きです。東京の一人暮らしのアパートで、魚を飼ってます」

「だからじゃ。きっとお前さんじゃったら、供養してくれる、そう思ったからその三人は、お前さんの夢の中に出てきたのじゃ」

「はあ……。そういわれても、僕には何の覚えも、力もないんですけど」

Hさんが戸惑っていると、「その写真を撮ったのは、いったいいつじゃった?」と問われた。日付は写真に印字されている。

「では、今日はいく日じゃ?」

「ええっと……、あ!」

今日が、写真を撮って四十九日目。

これは何かの偶然か、あるいはやっぱり何かを意味しているのだろうか。

翌日、Hさんは用事のため、福岡県の飯塚《いいづか》市へとバイクを飛ばした。すると、夢で見た池を見つけた。まったく夢で見たままの風景。そこで思い出した。

何年か前のお盆に、一度ここで釣りをしたことがある。その時に釣り上げたのが、あのブルーギルだったのだ。

隣の襖

Kさんという中年男性は釣りが好きで、よく釣り目的の一人旅をするという。

ある、沖縄諸島の離島に行った時のことである。

この島には、絶好の釣りのスポットがいくつもあるが、観光客からは注目もされておらず、島には旅館は二、三軒だけ。それも、東シナ海を通る漁師たちが緊急に泊まったり、会合に使われたりすることがほとんどだと聞く。

「密航者がたまに来ることがあるんですよ」と、旅館の人は言う。

ところがKさんにとっては、そういう誰も知らない場所こそが、理想のスポットなのである。

夜、その旅館の部屋で、布団に入り、いろいろと翌日からの予定について考えていた。

すると、にわかに、玄関のあたりが騒がしくなった。

どうやら、男が急に泊めてくれ、と言って入ってきたらしい。

「そう言われても困ります」

「なんで泊められへんのや」

そんなやり取りが聞こえてくる。

十分ほどして、静かになった。しばらくして足音が近づいてきた。同時に「どうぞ、こちらの部屋です」という、旅館の女将《おかみ》の声がして、スゥーと襖《ふすま》の開く音がした。

どすどすっと、部屋の中に入り込む男の足音がする。

隣の部屋だ。

おそらく、旅館の人が根負けしたのだろう。

しかし、よりによって隣の部屋とは……。

「メシもいらん。布団だけ敷いて、あっ、酒は持ってきてくれ」

男の声がして、スゥー、トン。

襖が閉められ、旅館の人の足音が遠ざかっていった。

途端に、Kさんの全身の毛が、ゾーッと逆立ったのである。

「わわっ、なんやこれ！」

それは、物凄《ものすご》い違和感というか、えも言えぬ恐怖というか。

原因はわからない。

ただ、隣の部屋に入ってきた男から、その違和感というか、はっきり霊気のようなものが、発せられていることはわかった。こんな感覚は、はじめてだった。

もう、寝ることができない。

心臓の鼓動は大きくなり、息も荒くなり、空気まで重く感じられる。

逆立った毛もそのままで、肌という肌が鳥肌状態……。

気を落ち着かせようとテレビを点《つ》けるが、何もやっていない。お酒を飲める体質でもない。

「ヤバい」

そう思って、布団に横になっている。とうとう脂汗も出てきた。

そのうち、トイレに行きたくなってきた。

トイレは、部屋にはない。廊下をわたった先にある。

そこに行くには、隣の部屋の前を通らなければならない。それを、Kさんの体のどこかが拒否するのだ。あの男のいるところに、近づいてはいけない。何かが、そう言っている。

とはいえ、これは自然現象。我慢にも限界がある。

「ままよ」

Kさんは起き上がると、勇気を振り絞って廊下に出た。

「あ……」

隣の部屋の入口の襖が開いている。

それを見た途端、吐き気が襲ってきた。

目をつぶってトイレを目指して歩こうとするが、ふっと気になって開いている襖の向こうを見てしまった。

部屋の中で、男が寝ていた。

掛け布団はしていない。着替えもせず、飲みかけの徳利を散らかして、大いびきをかいている。

何かあったら、すぐに逃げられるように用心している。Kさんにはそう思えたという。

そして、確実にこの霊気のようなものは、あの男から来ているのだ。

Kさんはトイレで用を済ませると、また、開けっぱなしの襖の前を通って、部屋に戻った。そして、また眠れない時間を過ごす。

(もういやだ、何なんだ、あの男は!)

それでもうとうとと眠ったようで、気がつけば朝だった。

そして、あの違和感もない。

ただ、玄関のあたりが騒がしい。

気になって行ってみると、旅館の前にパトカーが停まっていて、あの男が警察に連行されるところだった。

「何があったんです？」

旅館の人に聞くと、男は台湾から船で逃げてきた殺人犯だったという。ここに来る前日、三人の男女を殺《あや》めていたのだ。

サユリ

Hさんは、今、奥さんと子供三人とで、京都の団地に住んでいる。

ある夜、小学三年生になる娘と、部屋でしゃべっていた。

話が、怪談っぽくなっていく。すると娘が、

「あ……」と言ったまま、息が詰まった様子を見せ、しかもHさんの肩口をじっと見つめている。

「どうした？」

そう声をかけると、フッと我に返ったようになり、

「今、パパの肩のところに、女の人の顔が浮いてたよ。じっとパパのこと、見てたよ」と言う。

「どんな女の人？」

娘がその特徴を話すと、ピンとくるものがあった。

写真を何枚か見せて「この中にいる？」と聞くと「この人！」と指さした。

実はHさん、今の奥さんとは再婚である。子供たちも、今の奥さんとの間にできた。

十代の頃、結婚していたが、早くに前の奥さんを亡くしたのである。

娘が指さしたのは、その亡くなった前の奥さんの写真だったのだ。


ある冬のこと。

中学一年生になる長男に、タバコを買いに行かせた。

戻ってきた長男の様子がなんだかおかしい。

「どうした？」

すると長男は「変な女の人がいた」と言うのだ。

団地を出ると、すぐ道路があるが、そこに赤い車が停まっていた。若いカップルが乗っていたが、その助手席に近いところに、女の人が立っていた。それが、人を待っているでもなく、何をするでもない様子。

「雪が凄《すご》く降っててな、車の中にいる人たちと関係あるなら、中に入ると思うし、関係がないんやったら、そんなところに立つのは不自然やし。なんか気持ち悪いなと思ったんや。で、タバコを買って戻ったら、車はいなくなってたけど、女の人はまだそこに立ってた。なんか妙やろ」

「そうか。どんな女の人やった？」

「二十歳くらいの女の人で、星条旗の星のマークの付いたジャケットにジーンズ姿やった。こんな雪の中、傘もささんと」

Hさんは、一枚の写真を見せた。

「この人やろ」

「あっ、この人！」

やはり、前の奥さんだった。


昔のことである。

Hさんは十代の終わりごろ、同じ年ごろの女性と結婚して、神戸の山の手のマンションに住んでいた。

ある日、Hさんはウェイトトレーニングをしていて、百キロ近いバーベルを誤って左手の甲に落とした。骨はぐちゃぐちゃに砕け、医者に診せると「もう元には戻りませんな」と言われた。仕事もできなくなった。

初婚の妻は、サユリといった。

ペット・ショップで働いていた。

毎日、閉店時間になるとHさんが迎えに行き、店を出ると一緒にショッピングを楽しんだり、馴染《なじ》みの中華料理店に入って食事をしたりした。

結婚したのは十月。そして事件があったのは、十二月の十四日のことだという。

店へ迎えに行くと、出てきたサユリさんは、なんだか死相の漂う顔だった。

「どうかしたんか？」

そう聞いたが、

「ううん、なんでもない」と言う。

そのまま、いつもの中華料理店に入って食事をした。

会計を済ませて、表に出ると、サユリさんが歩みを止め、うつむいたまま動かなくなった。

「今日、おかしいで。なんかあったんか？」

すると、

「あんたと食事するのも、これで最後やな」と言う。

「なに言うてんのや」

しかしHさんは、この店で食事するのが最後だ、という意味にとって、

「こんな店、いつでも来れるやん」と言ったが、サユリさんは何も言わない。

タクシーを拾った。

「ああ、年末にな、俺の小学校時代の友達が集まる言うてたやろ。その時に、みんなにお前のこと紹介する、言うてたやん。もうあと、二週間ほどになったな。早いな」

「それ、私、行かれへんから、あんた一人で行ってきて」

うつむいたまま、そんなことを言う。

「なんでや、お前が行かへんのやったら、俺も行かへん」

タクシーの中で、そんな会話をした覚えがあるという。

家に戻ると、サユリさんは、

「久しぶりに、お風呂《ふろ》にはいってもいい？」と言いだした。

実は、サユリさんも怪我をしていたのだ。

十日ほど前のこと、買い物から帰ってきたサユリさんが、血だらけだった。

「どうしたんや」

「山道やろ、ここ。ちょっと転んだんや。手のこと、足のここ、切ったみたいやし、頭も打ったけど、まあ、大したことないわ。心配せんとって」

ところが、傷は治るどころか、膿《うみ》が出だした。だから、入浴は控えるようにしていたのだ。

「あかん。でもまあ、寒いし。温《ぬく》もるだけやったら、ええやろ」

「うん」

そう言って、バスルームに入った。だが、三十分、四十分たっても出てこない。音もしなくなった。

様子を見に行った。

バスルームの扉を開くと、浴槽に入ったまま、サユリさんがHさんの顔をじっと見つめている。

「おい、大丈夫か」

Hさんは、その隣にしゃがんで、いたわるように声をかけた。

「昔から、貧血やから、しんどいねん」

そういえば、さっきから顔色が悪い。

浴槽から出してやりたいが、Hさんも左手が利かない。それでも右手を差し出して、彼女の手を取ろうとすると、その手を拒んで、大声で泣きだした。

「私、今出されたら、死ぬぅ」

「お前、ちょっと待っとれ」

急いで電話で救急車を呼んだ。

バスルームに戻ると、サユリさんが、静かに笑っている。

「お前な。これ、冗談やったらシャレにならんで。今、救急車呼んでもうたからな」

今思うと、そのときの笑顔というのが、物凄《ものすご》くきれいだったという印象があると、Hさんは言う。

そして彼女は、Hさんの耳元で、二言、三言、何かを言った。

その直後、口から血の泡を吹いた。

その言葉がどうしても思い出せないのだそうだ。

山の中のマンション。救急車は呼び出してから、四十分もかかって到着した。

その時には、サユリさんは、もう亡くなっていた。

警察はこれを変死扱いとし、遺体は解剖された。

死因は、怪我をしたとき、大動脈を切っていたが、それが塞《ふさ》がりかけていた。ところが、風呂に入ったことにより、血圧が上がっての失血死とされた。

「俺が殺した……」

Hさんはそう思って泣いた。

Hさんは言う。

「だから、僕は、それから死の世界とか、精神世界、宗教といったものに惹《ひ》かれて、そんな本ばっかり読むようになったんです。精神を病んでいたのかもしれません。だから、僕がその後に経験することは、精神を病んでのことかもしれないんです」

お通夜のときのこと。

深夜、一人になった。

棺桶《かんおけ》の蓋《ふた》を開けて、彼女に最後のキスをしようと、その顔に近づいた。

パッと、彼女の目が開いた。

ギョッとした。

しかし、その目はスカイブルーとでもいうか、透明な空色だった。

怖い、とか、悲鳴を上げるとか、そんなのではない。ただただ、見つめあった。

その間、一、二分。

そしてその目は、ゆっくり閉じた。

もちろんそのことは、誰にも言わなかった。愛する妻を亡くして、頭がおかしくなったんだ、と言われるだけだろうと思ったのだ。

葬儀は翌朝、九時から執り行われた。

準備をしていると「H君、来て」と、義母から声をかけられた。

「なんですか」

「ついてきて」

行ってみると、葬儀が行われる場所の入口から、祭壇へかけて、女の裸足《はだし》の足跡が続いている。

言われなくてもわかった。サユリが来ている、と。

この時、気がついた。

左手の痛みがない。

そういえば、夢中ではっきりとは覚えていないが、棺桶の蓋は、両手を使って開けたという覚えがある。

サユリさんと過ごした山の手のマンションを引き払い、引っ越すことになった。思い出がつらいし、手の負傷で働ける状態ではない。

大阪にいる彼女の両親、つまり義理の父と母としばらく過ごすことになったのだ。

三日間で引っ越しの準備をしなければならなくなり、義理の兄が手伝ってくれた。

引っ越しの二日前のこと。Hさんは、バスルームに小麦粉を撒《ま》いたという。

サユリさんが亡くなった、あの場所。こうすれば、彼女は何かメッセージをくれると思ったのだ。

翌日、先にバスルームに入った義理の兄が大声を発した。

「H君。これ見て！」

粉で真っ白になったバスルームの床に、指で書いたと思われる、『みきお』というひらがな文字があった。Hさんの下の名は、みきお、である。

義理の両親の家の二階が、Hさんの部屋となった。

仕事もなく、ある日、昼寝をしていた。

夢うつつに、自分の左手が、誰かの膝《ひざ》の上にあって、それをやさしく包み込んでくれている手があるのを感じる。そしてさすってくれている。

(ああ、お義母《かあ》さんが、さすってくれてんのや)

そう思って、そのまま、うとうとした。

声がする。

「痛いな、痛いな。でも、もう大丈夫やからね」

(うん？　お義母さんの声じゃない。まさか……)

目を開けて、自分の左手がのっている膝を見る。

紺色のジーンズ。

(お義母さんは、こんなものはかないな)

目線を上に上げる。

白と赤の縞模様《しまもよう》のジャンパー。その上に星条旗の星印のデザイン。

サユリさんとお付き合いして、最初に自分のお金で買ってプレゼントしたジャンパーだ。

気に入ったと言って、よくそれを着てくれていた。棺桶の中に、そのジャンパーも一緒に入れた。

サユリ！

そう思ったとたん、身体が動かなくなった。いわゆる金縛りの状態。

奇妙なことが起こった。

喉の奥から、「ぁぁあああぁぁぁ」という潰《つぶ》れたような声が上がってきて、寝ている自分から、ぬっと、腰から上半分が、ちょうど四十五度の角度で、抜けていこうとしたのだ。

さらに、グイッと、何かの力が加わって、ズルズルッと抜かれる感覚がある。

ヤバい！　と思った。

（サユリ、頼むからやめてくれ！）

そう念じると、スッと元に戻った。同時にまた、喉《のど》の奥から「ぁぁああああぁぁ」という潰れた声が上がってきた。

すると、左手を膝にのせている女はまだそこにいて、

「ちょっと待っときや。今、呼んできてあげるからな」

そう言って、部屋を出ていき、階段を駆け下りていった。

それが、物凄い速さで、ドーッという音がした。そして、下に降りると、ピタッと音がしなくなった。

とたんに身体が自由になった。慌ててHさんも階段を駆け下りたが、下には誰もいない。目の前は玄関。しばし茫然《ぼうぜん》とそこに立ち尽くしていると、ガラガラッと玄関の引き戸が開いた。義理の父母が帰ってきたのだ。

「あら、H君、どうしたん、そんなところで」

「お義母さん。ちょっと二階へ来てください」

お義母さんに、さっきのことを話した。すると、お義母さんは泣きだした。

「あのな、こんなこと言うても信じてくれへんやろうし、妙な心配させてもあかんと思って言わんかったけどな。あの子、毎晩出てくるんよ。夜中になるとな、仏壇から、ゲェゲェって吐く声がする。よぉわかるんよ。つわりや。あの子、お腹に子供ができとったやろ。それで、お父さんが仏間に入ると、あの子、きちんと正座して、何も言わんと、じっとこっち見てる。そんなことが続いてるんよ」

「そうだったんですか」

それからHさんは、夜になると仏間に入って、生前一緒に聴いた音楽を聴いたりしながら、仏前に語りかけるようになった。

「なぁ、サユリ、あの時のこと覚えてるか」

「あの時、こんなことあったなあ」

ある日、その話に反応するように、仏間の花がガサガサッと揺れた。風ではない。

「サユリ、こっちの花、揺らせるか」

ガサガサッと揺れる。

「こっちは？」

揺れる。そうやって、会話ができるようになり、四十九日まで続いたのだ。

Hさんは言う。

「何度も言いますが、サユリに死なれて、頭がおかしくなっていたのかもしれない。思い込んでいただけかもしれません。でも、僕にとってはどれも現実のことだったんです」

四十九日の朝。

法要のための着替えをしていると、「H君、ちょっと」と、お義母さんに手招きされた。

行ってみると、ベランダから仏間まで、女と思《おぼ》しき裸足の足跡が続いていた。

「また、来てるわね」

お義母さんは、言う。

僧侶が招かれ、用意していた紫色の大きな座布団に座ろうとして、はっと、動きが止まった。

ズズッと座布団が移動したのだ。

座布団を替えて、座っていただいた。

お経をあげるために、僧侶が蠟燭《ろうそく》に火をつける。読経がはじまって一分もたたないうちに、燭台《しょくだい》にひびが入って、パカン、と真っ二つに割れた。すぐに燭台を替えて、また読経を続けたが、同じことが起きる。刃物で真っ二つに切ったような切り口だったそうだ。

「四十九日ですからな。来ていらっしゃいますな」

僧侶は、落ち着いた声で、そう言った。

四十九日が過ぎると、家の中にサユリさんが出ることはなくなった。

ただ、やはり、たまに見る。

Hさんが一度、神戸に出かけた折、なんだか二人で過ごしたマンションに行きたくなって、一時間以上歩いて、山の手のマンションの前に行ってみた。懐かしい部屋の窓が見える。

その窓を見上げたまま、その場で二時間を過ごした。

また、一時間かけて地下鉄の駅まで歩いた。

最終電車に乗って、三宮《さんのみや》に到着した。

ホームに降りて、駅の階段を上がる時、何気なくふっと電車の中を見た。

一番後ろの車両のシルバーシートに、女性が一人だけ、ぽつんと座っていた。

うつむいていて顔はわからない。

しかし、サユリだ、と直感した。

黄土色のカーディガンとジーンズ。彼女が亡くなる日に着ていた服だ。

電車は回送となって、女性を乗せたまま、走り去った。

半年たってHさんは、義理の父母の家から出て、一人暮らしをはじめた。

左手が完全に回復し、仕事ができるようになったことと、いつまでも義理の父母のお世話になっているのも気が引けたからである。

医者は、手の回復を驚いた。

「考えられないことです。あんなことになったら、回復するはずがない。リハビリでもされたのですか？」

「いえ、何もしてないです」

「こんな症例ははじめてです」

大阪府の守口《もりぐち》市にアパートを借りた。

行きつけの喫茶店ができた。そこのママとも親しくなった。

ママは、六十二歳。気さくな人で、よく世間話をしたが、亡くなった妻のことも結婚していたことも、誰にも話さなかった。

ある日、その喫茶店に行くと、ママが、

「H君。今から一緒に寝屋川《ねやがわ》へ行こう」と言う。

訳が分からず「はぁ」と気の抜けた返事をすると、喫茶店を閉めて、ママの車で寝屋川市へ連れていかれた。

市内の平屋の一軒家。古い、こういってはなんだが、ボロ家という感じの家。

その玄関の前にママが立って「先生、先生！」と呼びかける。

「はあい」と返事があり、ガラガラと引き戸が開いて背の低い老婆が出てきた。

「ああ、よく来たね、入り、入り」と手招きする。

「お邪魔します。ほら、H君も入るのよ」

ママにせかされて、靴を脱ごうとすると、

「いやっ、あんた、後ろにいる人、誰？」

と老婆に言われた。

「え……」と言葉に詰まる。

「まあええわ。上がり」

中に入ると、老婆と正座で向かい合った。

「あんた、誰や……」

老婆はHさんの背後に向かって問いかけている。

「誰や、あんた、誰や……、うん？　ああ、奥さんか」

老婆は独り言のように、そんなことを言う。知っているはずがない。いいかげんなことを言っているのだろうと、Hさんは、黙っていた。

「あの子、あんたの奥さんな、あんたと一緒にここに入ってきたんやけど、ここに来てずっと背中向けて、こっち向こうともせんのや。どういうこと？」

「……そう、言われても、僕にはわかりません」

「そうか。ちょっと待っとき。ははぁ、あんた、この子の骨、分骨したやろ」

そう言われれば、彼女の骨は、自分の家の墓の他に、義理の父母から、どうしてもと言われて分骨した。また、自分がもらった骨の一部は、いつも彼女とデートした神戸市内の公園のベンチの後ろの木の根元にも埋めている。

「この子、その骨、あんたの家のお墓に全部埋めてほしいって、そう言うてる。できるか？」

「やります」

するとずっと険しい顔をしていた老婆が、はじめて笑顔を見せた。

「ああよかった。やっとこの子、こっち向いてくれた。ええ表情やわ」

そこまで言われても、Hさんは、まだ疑っていた。

（ほんまかな……）

「ほんまや」

その心の内を見透かされたように、老婆に言われた。

「サユリさんやろ、この子の名前。お腹に子供もおった。お風呂場《ふろば》で死にはってんやろ」

「そのとおりです」

「ほな、さっき言うたとおりにしたり」

骨は全部集めて、H家の墓に納めた。

そして、その半年後、今の奥さんと結婚し、子供も授かった。今の生活がそれであるという。

だが、たまに、出る。

子供たちには、前の奥さんのことを言ったことはないが、見た、と言われても、ああ来てくれたか、と、受け入れてしまう自分があるのだという。

無縁仏

今、大阪で芸人をやっているHさんの話である。

彼は奈良県U郡の出身。当時は観光客などとは無縁な、素朴な村だったそうだ。

今から二十年ほど前、彼が中学三年生だった年の秋口のことだ。

寝坊して、慌てて家から飛び出した。

列車通学。だが、ローカル線で、一本逃すともう次の列車は一時間以上は来ない。

いつもの一本道を懸命に走った。

車一台やっと通れる幅の、田んぼのあぜ道のような道。

すると、前方はるか向こうに人だかりがあった。

途中にため池があるが、どうもその付近のようだ。見ると、近くにパトカーや救急車が停まっている。

（事件や）

Hさんはそう思って、ドキドキと胸を躍らせながら走っていった。というのも、こんな田舎、事件らしい事件というものが起こったことがない。だから、何があったのだろうという好奇心が抑えられなくなったのだ。

そのまま、人だかりの中に入って行った。

ちょうど毛布に包まれた人が担架に乗せられ、運び出されるところだった。

ちらりと、細く白い手がわずかに見えた。

「どこの人やて？」

「さあ。地元のモンやないみたいや」

「どっから来たんや」

「わからん。けど、なんでこんなとこで身投げしよったんやろ」

「いや、身投げかどうかはまだわからんらしいで」

「けど、おぼれるような池やないやろ」

「お年寄りやからなあ」

そんな会話が聞こえる。

どうやら、身元不明の男性の老人の溺死体《できしたい》が、この池から上がったらしい。

「あ、学校……」

結局、遅刻した。

しかし、中学校ではその水死体のことが話題になっていた。あの道を通学路にしている生徒は他にもいる。彼らは見たと言うのだ。

ある子は、池に水死体が浮いているのを見たと言い、ある子は、パトカーと救急車が来るのを見たと言う。

後で聞いた話では、池の近くに住んでいる一年生の女の子は、朝起きると、表が騒がしい。二階の窓を開けて外を見たら、池の周りに近所のおじさんたちが集まっていて、「死んでるぞ」「警察を呼べ」とか叫んでいる。よく見ると、何人かのおじさんたちは、竹竿《たけざお》のようなものを池に入れて、何かを手繰り寄せようとしている。

「なんやろ」と表に出ようとしたら「子供は来たらいかん」と止められたという。

翌日、身元不明の水死体、として新聞でも報道された。

Hさんは言う。

「それからは、日暮れにその池のほとりを通るのが怖くなりました。学校行事がその後にあって帰りが遅くなったんですが、家に帰るには、真っ暗なそこを通らざるを得ない。でも、だからと言って、そこに幽霊が出るとか、そんな話は聞かなかったし、僕も何かを見た、ということもなかったんです」

やがてHさんは、大学へ行くために大阪へ出て、卒業後、芸人になったのである。

中学を卒業して十年ほどして、同窓会が行われた。

懐かしい面々と、思い出話に花を咲かせているうちに、あの池の死体の話になった。

「ああ、俺も見た。けど、もう救急車に運ばれるところやった」

「俺は、死体が池から上げられるところ見たわ」

「けど、中学の時のあぁいう体験て、なんか強烈やなあ」

するとそこに、「あれな、後日譚《たん》があんねんで」と会話に入ってきた者がいた。

S君。村のお寺の息子である。そして彼から、こんな話が出たのだ。


あの日の前日のこと。

S君の父親と母親が、村の寄り合いがあるというので出かけて行った。夜遅くまで帰れないからと、妹と二人、留守番を頼まれたという。

S君と妹の二人で夕食を食べていると、玄関のチャイムが鳴った。

「はぁーい」と、返事をして、妹が玄関へ行った。

(今頃誰やろ)と、時計を見ると、ちょうど夜の七時だった。

妹はすぐに戻ってきた。

「誰?」

すると妹は「知らん人」と言う。

檀家《だんか》の人なら、妹もみんな知っている。ということは檀家の人でも、近所の人でもないということだ。村の外から人が訪ねてきたということだろうが、ここは観光地でもなんでもないし、そんなこともめったにない。

気になった。

夜の十時前、両親が帰ってきた。

「なんか、変わったことなかったか？」

そう、父親が訊《き》くと、妹が、

「知らんおじいさんが来た」と言う。

「知らんおじいさん？その人はなんて？」

「ご住職はおられますかって聞かれたんで、お父さんは夜の十時まで戻ってきません、て言うたら、そのまま帰って行きはったけど」

「ふぅーん、なんやろな」

父親も首をかしげる。

するとまた、玄関のチャイムが鳴った。

時計を見ると、十時ちょうど。

「わしが出るわ」と父親が応対に出た。

「お兄ちゃん、きっとあのおじいさんやで」と妹は気味悪がった。

玄関からは、ぼそぼそと、何か話している声が聞こえたが、やがてお客さんも帰ったのか、父親が首をひねりながら戻ってきた。

「誰？」

母親が、そう尋ねる。

「わからんわ。こんな時間になんやろ」

その翌朝だった。

池に老人の水死体が上がったのは。


その日の夕方、警察の人が聞き込みにやってきた。

「あ、ご住職。もうご存知でしょうが、今朝、〇〇池に老人男性の水死体が上がりましてねえ。何かご存知ではないかとお聞きしたいのです」

そう言って、一枚の写真を見せられたという。

「亡くなったのは、こういう方です」

「あっ！」

父親は、それを見て絶句したらしい。

「どうされました？」

「この方でしたか。そうでしたか……」

「ご存知なのですか」

「……この方を殺したのは、私かもしれません」

「はい？　どういうことでしょうか」

警察も驚いて、「ご住職、何があったのですか」と訊く。

「昨夜のことです。私と家内は村の寄り合いに行っておりまして、子供たちに留守を頼んでおりました。帰ると、娘が人が訪ねてきた、と言うんです。どんな人だと尋ねたら、知らんおじいさんやったと。それが七時ごろやったそうです。そこへ、玄関のチャイムが鳴って。今度は私が応対しました。すると、玄関に立っていたのが、この方だったんです」

「それは何時ごろでしたか」

「十時ごろだと思います。ご老人は、私がここの住職だとわかると、『無縁仏になるにはどうしたらいいですか』と尋ねられました。

私は『無縁仏というのは、身寄りのない方が亡くなった場合を言うのであって、あなたは生きていらっしゃるじゃないですか』と返事をしたんです。ところが、ご老人は『無縁仏になるにはどうしたらいいですか、無縁仏になるにはどうしたらいいですか』と何度も何度も尋ねてきました。それで私も『わかりました。あなたは何か悩みがおありなのですね。しかしもう、今夜は遅いですから、明日《あした》の朝、また出直していただけませんか。その時は、あなた様のご相談にのりますよ』と言って帰ってもろうたんです。ああ、あの時、相談にのってあげとったら、こんなことにはならんかったんです。これは、私が殺したようなもんです」

思わず両手を合わせたが、警察は「うん？」と納得しない。

「ご住職、ちょっと確認させてください。娘さんが応対したのが七時。ご住職は十時。これは、一昨日《おととい》の夜のことではないですか？」

「いえ、昨夜の七時と十時です」

「……あのねえ、この人の死亡推定時刻は、昨夜の七時なんですよ」

「あっ……、しかし、時間は間違いありません。家族の者みなが証言者です」

「ほかに、お気づきのことは？」

「……そういえば、玄関の戸を閉める時、ちらりとご老人の後ろ姿が見えました。右へ行きますと、山門があって、村へ出る。左へ行くと、墓地にしか出ないのですが、ご老人は、真っ暗な墓地へと向かっていらっしゃいました」

「俺、これを親父から聞いて、ゾッとしたんやけど」

その話を聞いた、Hさんも周りの友人たちも、鳥肌をたてたという。

七代祟る

K子さんが、くれぐれも場所も名前もわからないように書いてくださるのなら、という条件で語ってくれた。

彼女が地元の小学校に通っていたころから、この話は始まる。

彼女の故郷は、海に接した町で、住民たちの多くは漁師として生計を立てていたが、一方、町の背後には険しい山も迫っていて、そこには修験道の信仰が伝わっている。

その山の中に、小さな集落があった。

何人かの男の子たちが、その集落から学校に通っている。遠いので、スクールバスでの通学。

K子さんのクラスに、その村から通うY君という男の子がいた。

それが、妙なことを言う子だったという。

「俺な、十六歳まで生きられないんだ」

「絶対に十六歳までに死ぬんだ」

そんな話を聞かされるクラスメートは「なんだかあの子、またヘンなこと言ってるね」とあまり気にも留めないでいたが、あんまり同じことを言うので、K子さんは、なぜそんなことを言うのか、聞いてみたことがある。

すると、Y君はこんなことを言ったのだ。

「俺は、確実に十六歳までに死んじゃうんだよ。それには原因があるんだよ。その秘密は、うちの裏山にある。知ってるんだ。だから、死ぬんだ……」

なんだか、聞いてはいけないことを聞いた気がして、そこからはあまり気にかけないようにした。ところが中学に進学しても、やはり同じことを言っている。

「あいつ、頭がおかしいんだ」

とうとう彼は、変人扱いされた。

高校生になって、K子さんはY君と別の学校に進学した。

Y君は農業系の高校に進んだらしい。

高校三年生のある日のこと。

駅で、農業高校に通う中学時代の友達、何人かと遭遇した。

「あら、元気?」

「うん、元気元気。K子はどうなのよ?」

「このとおり元気よお。学校どお？」

しばらく立ち話に花を咲かせたが、一人の元クラスメートが、「ところで、Y君て、覚えてる？」と言ってきた。

「ああ、覚えてるよ。十六歳までに死ぬなんて、妙なこと言ってた子よね」

「Y君、死んだよ」

「え……、なんで？」

「わかんない。でも死んだよ。私んちさ、山越で遠いんだけど、一応あの集落の隣村になるっていうんで、私の両親がお葬式に行ったのよ。だから、間違いない」

「いつ？」

「それがね。十六歳の誕生日の前日だったんだって」

「じゃあ、あの子の言ってたこと、本当だったんだ……」

そこからはもう、言葉を失った。

何があったのかは、何もわからないということだった。

K子さんはその後、大学に進んだ。その間は故郷を離れ、都会生活を満喫した。

大学を卒業すると、地元の会社に就職した。そして、地元の若者たちが集ってボランティア活動をしている社会人サークルにも参加した。サークルには『おねえさん』

とみんなから親しみを込めて呼ばれる年上の女性がいた。何かと面倒見がよく、頼られている人だった。やがてK子さんは、結婚もして、また都会に出て働くことになり、故郷を離れた。

それから十数年たった、最近のことである。

久しぶりに、故郷に帰った。

あの社会人サークルの仲間たちが集まって、歓迎の飲み会を開いてくれて、『おねえさん』と再会した。

この時、『おねえさん』から、衝撃的な言葉を聞く。

「K子さん。私にはYという弟がいたんだけど、同級生だったのよね」

「え、Y君のお姉さんだったんですか」

「そうよ。知らなかった？」

そう言われれば、姓がY君と同じだ。

U家。

その姓は全国では非常に珍しいが、地元ではわりとある名なので、そこに気がつかなかったのだ。

「あの、私、高校はY君と別になったんです。それでY君が亡くなったこと、後で知りました。できましたら今度、お墓参りでもさせてください」

するとお姉さんは、「お墓参りは絶対にダメです」と、強い口調で拒絶した。

K子さんが驚いていると、お姉さんははっと、我に返ったようにやさしい口調に戻った。

「ごめんなさい。うちのお墓はね、一族以外は絶対に入ってはいけないの。そういう決まりなの。でも、お仏壇だったら、位牌《いはい》もあります。そちらでよかったらどうぞ」

その日、K子さんは、お姉さんが運転する車で亡きY君の家に向かった。

日も暮れる中、真っ暗になろうとしている山道を登っていく。途中、対向車もなければ、明かりもない。

そろそろ集落に来たようだが、家々の灯はなく、あたりはひっそりとしている。

お姉さんがポツリと言った。

「もう、村には、うちしか残ってないの」

K子さんは何も言えず、無言でいるしかない。そんなK子さんにお姉さんが話しかける。

「この村はね、U家の親戚《しんせき》筋にあたる家ばかりだったんだけどね。もう、みんな、死に絶えちゃったのよ」

ということは、Y君のみならず、学校に通っていたあの子たちも？

なんだか怖くなってきた。

家に着くと、誰もいない本家。お姉さん一人だけが、こんな山の中に住んでいるらしい。

K子さんは仏間に案内され、仏壇の前で手を合わせた。

「Y君、ごめんね。知っていればもっと早くにここに来て、お線香をあげられたのにね」

黙禱《もくとう》が終わると、お姉さんがお茶を出してくれた。

あたりは何もない。薄気味悪いほどの静寂。

……しばし、二人は沈黙した。

「K子さん。さっきはごめんなさいね」

お姉さんが、その静寂を破った。

「うちのお墓は、一族以外は入れないって言ったでしょ。それには、理由があるのよ」

「その理由、さしつかえなければ、聞かせてもらえませんか」

この時K子さんは、何も知らないで帰ることはできないように思えたのだ。

また、沈黙が流れた。そうとうにお姉さんは迷っているようだ。だが、意を決したように口を開いた。

「聞かない方が、いいと思います」

「なぜですか」

「この話をして、障りがない、とは言えないから」

「障り？」

「そうです。それは、私に来るかもしれないし、あなたに行くかもしれない。私はいいけれども、あなたに行くと、迷惑をかけることになりますから」

そう言われると、余計聞きたくなった。Y君が言っていた、十六歳までに死ぬ、ということとも、関係しているように思われる。

「私は構いません。聞かせてください」

「……そうね。お話ししても、大丈夫かもしれませんね。なぜならもう、この家も絶えてしまうから。絶えてしまえば、何もかもが伝わらなくなる。それも問題かもね。だから、あなたにだけ、お話しします」

そう言って、お姉さんは、U家の因縁を語り始めたのだ。

原因のすべては、U家初代の家長にある、という。

U家はもともと、ここにいた一族ではなく、別の県からやって来たのだという。

それは、随分と昔のことで、ここに根を下ろしたU家の初代は、相当な悪事を働いていたようで、もといた村では名前ではなく、「悪衛門《あくえもん》」と呼ばれていたらしい。それでとうとう、その村にいられなくなり、一族とともに、この山に移り住んだというのだ。

この山は、土がいいらしく農作物がよく育つ。だから気に入って住み着いたようだが、もともとここは、別の人たちが住む集落だったようで、要はその人たちを追っ払って自分たちのものにした。そこから代々続くのが、今のU家なのだという。

ところが。

悪衛門には、長男がいた。この長男が十六歳になる直前に、突然発狂し、自ら命を絶ったという。残った子供が姉である長女。婿をとって、子を産んだ。

それが、二人。姉と弟。

ところがこの弟も、十六歳を目の前にして、突然死した。姉が婿をとって、子を産んだ。二人。女の子と男の子。

男の子は、また十六歳を前にして死ぬ。姉が婿をとって子を産む。

二人。姉と弟。

「こんなことが、なぜ続くんだろう」

四代目の家長が、原因を調べようとした。心当たりならある。

悪衛門が、「絶対に入るな」と遺言を残した裏山である。

あそこに原因があるんじゃないか。

分家である村人たちと共に、裏山に入ってみた。なんだか妙な土地があった。

掘ってみた。

夥《おびただ》しい人骨が出てきた。

「もしかしたら、これは、悪衛門がここに集めて、殺した村人たちのものじゃないのか」

恐ろしくなった。

一族で供養塔を作って、人骨は埋葬しなおし、丁重に葬った。

以来、代々の墓も、そこに作られ、一族以外は近づけてはならない、という掟《おきて》が作られたのだという。

だが祟《たた》りは続いた。本家では、子供は姉と弟しか生まれず、弟は十六歳になるまでに死ぬ。これが繰り返される。

四代目の家長は、山伏を呼んで、除霊を試みたらしい。しかし、

「申し訳ないが、私には何もできません。これは、徳の高いお坊さんを呼んで、お経をあげてもらったところで、どうしようもない。とにかく手におえん」と言って帰ってしまう。何人かの山伏を呼んだが、皆、同じことを言う。

ある高僧に来てもらった時も同じことだった。

「供養することはできる。しかし、お宅の子供さんが死なないようにする、というのは、できない相談です。申し訳ないが、それしか言えません」

そう言われたそうだ。

お姉さんが言う。

「それがね、残酷な形で来るのよ」

生まれてきた男の子は大変丈夫に育つのだ。風邪ひとつひかない。体力もある。非常に元気だ。こんな子が死ぬはずがない。きっとこの代で、呪いは解けたんだ。代々の親はそう思う。

そして、十六歳の誕生日を目前に控える。元気だ。きっとこの子は、成人して、家を継いでくれる。そう望みをかける。

「でもね。そう思った矢先、誕生日の直前に死ぬのよ。ある子は、他人の家の火事を見ていて、急に火の中に飛び込んだって。ある子は、水死体で見つかった。私の弟はね、凍死だったのよ。意味が解らない。だって、見つかったのは、この家の前だったのよ……」

そのY君の死体は、泥だらけだったという。特に手が土で汚れ、爪は剝《は》がれ、血だらけだった。まさか、と思って、家の者はあの裏山に行ってみたという。

「おそらく弟は、十六歳の誕生日を目の前にして、生きたいと思ったのでしょう。裏山にその秘密がある、とは聞かされていたから、その秘密を解きに、山に登ったのよ。あそこに人骨が埋まっているということは、あの子は知らなかった。だから、ただ、知りたくて、あそこを掘ったのよ。行ってみたら掘った跡が、あちこちにあって。墓場のあたりにもたくさん掘った跡があった。あの子が、掘ったのよ……」

お姉さんは、泣いた。

K子さんも、一緒に泣いた。

「……ところが、私の代になって、異変が起こったのよ」

泣きじゃくりながら、お姉さんは続ける。

「三人、生まれたの。私、もう一人の女の子、そして弟のY。次女は、私の妹は、二十歳になった日に『この家は、私たちで絶えるのよ』といきなり大声を発して、突然家を飛び出して。車に撥《は》ねられて。

でもね。車なんてうちの前、めったに通らない。なのに……。

病院に運ばれて、命は助かったんだけど、そのまま精神を病んで。今は精神科病院に入院しています。もう戻ってこないでしょう」

「でも、お姉さん。あなたがいるじゃないですか。婿をおとりになって、子供を産めば……」

するとお姉さんは、ううん、と首を横に振った。

「結婚はしていたのよ。でも、夫は何年も前に死んだ。脳溢血《のういっけつ》って言われたけど、突然死。私も子宮癌を患って、子宮を摘出してるのよ。だからもう、子供は産めない」

「だったら、養子をとられるとか」

「もういいの。こんなことはこれっきりにしたい。養子をとっても、また同じ苦しみを与えるだけ。これでいいのよ」

「でも……」

「それにね。最近、癌が転移していることがわかったのよ。だから私の命もそう長くはない。私が死んで、この家は絶えるのよ」

もう、K子さんも、何も言えない。

「ねえ、お仏壇のお位牌《いはい》、見てくれた?」

お姉さんが尋ねた。

「はい。拝ませていただきました」

「数、数えた?」

「いえ」

「うちはね、代ごとに位牌を分けることにしているの。位牌には、十六歳を前に亡くなった男の子の名前が書いてある。いくつあるか、数えてみて」

数えた。

「一つ、二つ、三つ、四つ、五つ、六つ、七つ。……七つですね」

「七つ目の位牌に、弟の名があります。その横に小さな名もない位牌があるでしょ。父と母のものなのよ。弟が死んだ後、二人とも、あとを追うように死にました。なので、U家の最後の一人が私。

ねえ、K子さん。七代にわたって祟る、というのは本当なのよ。私の代で、三人生まれた、ということも、これで最後、ということだったのよ」

場所や名前を伏せてくれるのなら、こんな話があるよ、と、知っていただくことがあっていい。だから……。

初出

『幽』vol. 27（二〇一七年六月）
「布団で寝るな」
「パチンコ屋の駐車場」

『幽』vol. 28（二〇一七年十二月）
「火の柱」（「火柱」を改題）
「母の遺言」（「お母さん」を改題）
「涅槃姿」

『怪談実話系2　書き下ろし怪談文芸競作集』（二〇〇九年六月）
「無縁仏」（「怪談BAR2」を加筆・修正、改題）

そのほかの作品は書き下ろしです。

怪談《かいだん》狩《が》り　黄泉《よみ》からのメッセージ

中山市朗《なかやまいちろう》

角川ホラー文庫　21028

平成30年6月25日　初版発行
令和6年11月25日　13版発行

発行者――山下直久
発　行――株式会社KADOKAWA
〒102-8177　東京都千代田区富士見2-13-3
電話 0570-002-301（ナビダイヤル）
印刷所――株式会社KADOKAWA
製本所――株式会社KADOKAWA
装幀者――田島照久

ISBN978-4-04-107189-2 C0193

角川文庫発刊に際して

角川源義

第二次世界大戦の敗北は、軍事力の敗北であった以上に、私たちの若い文化力の敗退であった。私たちの文化が戦争に対して如何に無力であり、単なるあだ花に過ぎなかったかを、私たちは身を以て体験し痛感した。西洋近代文化の摂取にとって、明治以後八十年の歳月は決して短かすぎたとは言えない。にもかかわらず、近代文化の伝統を確立し、自由な批判と柔軟な良識に富む文化層として自らを形成することに私たちは失敗して来た。そしてこれは、各層への文化の普及滲透を任務とする出版人の責任でもあった。

一九四五年以来、私たちは再び振出しに戻り、第一歩から踏み出すことを余儀なくされた。これは大きな不幸ではあるが、反面、これまでの混沌・未熟・歪曲の中にあった我が国の文化に秩序と確たる基礎を齎らすためには絶好の機会でもある。角川書店は、このような祖国の文化的危機にあたり、微力をも顧みず再建の礎石たるべき抱負と決意とをもって出発したが、ここに創立以来の念願を果すべく角川文庫を発刊する。これまで刊行されたあらゆる全集叢書文庫類の長所と短所とを検討し、古今東西の不朽の典籍を、良心的編集のもとに、廉価に、そして書架にふさわしい美本として、多くのひとびとに提供しようとする。しかし私たちは徒らに百科全書的な知識のジレッタントを作ることを目的とせず、あくまで祖国の文化に秩序と再建への道を示し、この文庫を角川書店の栄ある事業として、今後永久に継続発展せしめ、学芸と教養との殿堂として大成せんことを期したい。多くの読書子の愛情ある忠言と支持とによって、この希望と抱負とを完遂せしめられんことを願う。

一九四九年五月三日

怪談狩り

市朗百物語　赤い顔

中山市朗

あなたの町が舞台かもしれない……

怪奇蒐集家・中山市朗が満を持して放つ、本当に怖い話だけを厳選した百物語、第二弾！　逆さに連なる首を切られたカラスの死骸、お札を貼られた井戸に潜むモノ、誰もいないはずの学校に現れる赤いジャージの少年、深夜の霊園からかかってくる電話……。「霊感はない」と断言する著者が、いわくつきのログハウスで行った怪談会の顛末や自宅で遭遇した怪異も収録。日常の風景がぐらりと揺らぎ、忌まわしいものが忍び寄る――。

角川ホラー文庫

ISBN 978-4-04-105215-0